花嫁に捧ぐ愛と名誉

砂楼の

遠野春日

キャラ文庫

この作品はフィクションです。
実在の人物・団体・事件などにはいっさい関係ありません。

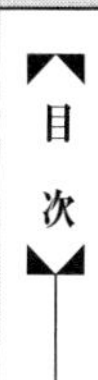

目次

口絵・本文イラスト／円陣闇丸

1

トルコの南方に位置する中東の専制君主制国家シャティーラ。
東欧の国ザヴィア共和国で育ち、近衛部隊の大尉だった秋成・エリス・K・ローウェルが、数奇な運命を辿ってシャティーラ王室に嫁いでから、二年が経とうとしていた。

「ダルアカマルを知っているか、秋成？」

五月のある朝、まだ気温が上がる前の涼しい時間に、イズディハール王子に誘われて中庭に出て、丹精された樹木や花壇の花々を観賞しながら歩いていると、やや唐突に聞かれた。

「はい。名称だけは。カラハ沙漠にある有名なオアシス都市ですよね」

そうだ、とイズディハールは秋成を見て頷く。

シャティーラの首都ミラガの北西には、隣接する三ヶ国にも跨がる沙漠が広がっている。

それがカラハ沙漠だ。

ステップと呼ばれる土と石の荒地だが、春には草や花が生えるところもある。面積はおよそ二十四万平方キロメートル。標高は高いところで五百メートルに達し、東側を流れる川に向かってなだらかに低くなる。

カラハ沙漠には大小様々なオアシスがある。

オアシスは、沙漠を横断する隊商たちが水と食料を補給するために立ち寄る中継地であり、伝統的な遊牧生活を送る諸部族が周辺の定住地で暮らしていたりする。

ダルアカマルは、中でも特に規模の大きな水源と緑地を持つ、一大オアシス都市だ。

農業や観光業で生計を立てている者も多く、集落を形成しており、見晴らしのいい泉の畔には、富豪の別荘や、ホテルなどの宿泊施設が立ち並んでいると聞く。

「そのオアシス都市に、俺とハミードが中高時代を共に過ごした学友がいる。卒業以来会う機会はなかったから、十年余り顔を合わせていないのだが」

「ひょっとして、その方にお会いになるご予定ができたのですか」

話の流れから察して尋ねると、イズディハールはにっこりと微笑み返してきた。

「ふと思い立って久々に連絡を取ってみたところ、よかったらこちらに遊びにこないかと招待された。見晴らしのいい高台に最近屋敷を構えたそうで、部屋数も十分あるのでぜひ泊まりにきてほしいと言うんだ」

「いいお話ではありませんか」

このところイズディハールは公務に次ぐ公務で、ほぼ休みなしだった。

それというのも、双子の弟ハミード皇太子が結婚を考えていた女性が、生まれたばかりの赤子を残して三月に病死し、そのことで精神的な打撃を受けたであろうハミードを慮り、可能な限り公務の一部を代行していたからだ。ハミード自身は、問題ない、大丈夫だと言うが、負けず嫌いで同情されるのを嫌い、意地を張り通す傾向があることは誰もが承知しており、半ば強引にイズディハールが己の負担を増やす形で対処していた。

元はと言えば、皇太子の責務は、国王の長男であるイズディハールに課せられていたものだった。それを、異教徒である秋成と結婚するために降り、ハミードに引き受けてもらった恩義が、イズディハールと秋成にはある。

昨日でようやく公務が一段落し、今日からしばらくは休養を取れるそうなので、長らく会っていない友人を訪ね、旧交を温めるにはいい機会だと思われる。反対する気は毛頭なかった。

「彼とはどちらかと言えば俺のほうが親しかったが、むろんハミードもよく知った相手だ。この話をしたところ、懐かしいと目を細めていた」

「きっと、いい気晴らしにもなるのではないでしょうか」

最期まで正式な婚姻は固辞していた控えめで気丈だったサニヤを思い、国の宝と言っても過言ではない王孫を授けてくれた彼女に対して、何もしてやれなかったと悔恨でいっぱいだった様子のハミードに寄り添う気持ちで言う。

イズディハールは「ああ」と同意したあと、表情を引き締め、本題に入る様子を見せる。

「秋成、きみにも来てほしい」

「私もご一緒してよろしいのですか」

ここは学生時代の思い出を共有する者同士で、久々の再会を祝い合い、長いこと話せていなかったお互いの近況を存分に語り合う機会にするほうがいいのではないか。そこに部外者が交じれば邪魔になってしまうのでは、と遠慮が先に立ち、躊躇う。

だが、イズディハールは迷いのない口調できっぱりと言った。

「できれば三人がいいと言い出したのはハミードだ。そのほうがうるさく付き纏ってくるメディアを遠ざけやすくなるだろうから、とな。サニヤのことがあってまだ日も浅いというのに、連中はおかまいなしだ。次の相手は誰だと早々にまたお妃候補を絞りだしたり、王室伝統の側室問題を持ち出したりして、プライベートにまで立ち入ってこようとする。これではおちおち休養に出掛けるのもままならない。きみがいれば、家族ぐるみの静養感が増し、無粋な連中も少しは遠慮するはずだ。――と言うのは、まぁ、建前で、あくまでもきみも含めた三人で休暇を取りたいのが本音だろう」

最後はにやりと唇の端を上げ、ハミードを揶揄するように付け加える。

そこまで言われると秋成もやぶさかでない気持ちになる。

「私が少しでもお役に立てるのでしたら、お供いたします」

ハミードが望むのなら、断る理由はなかった。

「承知してくれるか。ありがとう」

イズディハールは心底嬉しそうな顔をする。

結婚前から礼儀正しく紳士的だったが、相変わらず丁寧で、こちらの意向を大事にしてくれる。一国の王子殿下だと言うのに、少しも驕ったところがなく、むしろ腰が低いくらいだ。男でもなく女でもない、あるいは、男であって女でもあるという特殊な事情を抱えて生まれついた自分のような人間が、よくぞこれほどまでに素晴らしい人と縁があったと感謝している。

「俺たちの学友はダービーと言って、ダルアカマル近郊の地方豪族出の男だ。今はＩＴ系の会社を自分で経営しているらしい。気さくで親しみやすいし、礼儀も弁えているから、心配はいらない。初対面の相手ともすぐ打ち解けるので、きみも話しやすいだろう」

「はい。私も特に人見知りするほうではありませんので、大丈夫だと思います」

祖国のザヴィアにいた頃は何かと遠巻きにされがちで、人付き合いもあまりなく、自分がどの程度の社交性を持ち合わせているのかもわからないほどだったが、イズディハールと結ばれて妃殿下と呼ばれる身となり、さまざまな公務をこなしていくうちに、人と関わることに対する苦手意識は薄れていった。これもイズディハールに感謝していることの一つだ。

「ダルアカマルは交易と観光で栄えている大きな街だと聞いています。オアシス都市とはどういったものなのか、一度見たいと思っていました」

「カラハ沙漠のオアシスの中でも、ダルアカマルは歴史的価値の高い、重要な都市の一つだ。劇場や神殿などの遺跡もたくさん残っている。ぜひきみにも観ておいてもらいたい。一週間ほど滞在する予定だから、観光に充てる時間もたっぷり取れる」

「楽しみです」

「ハミードにとっても、息抜きになることを願いたい」

本当にそうなればなによりだ。

自らの命と引き換えにハミードに息子を授けたサニヤが亡くなってまだ日も浅い。表面上はすでに気を取り直したように見えるが、ハミードの心中はいかばかりか、秋成には推し量って心配するしかない。それまで以上に公務に熱を入れ、あえて忙しく動き回ることで平静を保とうとしている気がして、胸が痛かった。

忘れ形見の息子は、昔からの王室式教育方針で乳母や看護師たちに預けており、十三歳になるまでほぼ会うこともないという。

王侯貴族の間ではよく聞く話だが、可愛い盛りの子供に接する機会がないとは、庶民の感覚的には親子どちらにとっても寂しく気の毒なことだと思われる。

ハミードは一度、父王ハマド三世に、王子の養育方法について異論があると漏らしたそうだが、しきたりだと突っぱねられ、その後は口を出すことなく、伝統に則ったやり方を踏襲するようにしたらしい。なんとなく、ハミードらしくない気もするが、今はただでさえ精神に負荷をかけている状態で、いろいろといっぱいいっぱいで、自分たちも同様にして育てられた王室教育のあり方に抗ったり、意見したりする余裕はないのだろう。

ダルアカマルに滞在する間に、そうした話も三人でする機会があればと思う。

「いい休暇になりますように」

秋成が期待を込めて言うと、イズディハールも「そうだな」と強く同意する。

イズディハールとハミードの間ではこの件は何日も前から話し合われ、計画されていたらしく、明日早速出発する段取りがついているとのことだった。

秋成にとっては慌ただしい旅立ちになるが、元軍人の端くれだけに、急な事態には慣れている。問題はなかった。

少しばかり予想外の展開になったとわかったのは、晩餐(ばんさん)のテーブルでイズディハールと再び顔を合わせたときだった。

「ダルアカマルについての情報を集めたところ、興味深い話が最近出ているとわかった。ハミードがインターネットで現地の状況を調べていて見つけたんだが……」

イズディハールは珍しく歯切れの悪い喋(しゃべ)り方をする。

「ダルアカマルの森の中にある池というか湖というか、とにかく、そこで水妖を見たという者がいて、インターネットのＳＮＳで拡散されているそうだ」

「水妖、ですか」

予期せぬ言葉が出てきて、秋成は面くらい、反応に困った。

「俺もハミードから聞いたとき眉唾な話だと思った。何かの見間違いではないのか、と取り合わなかったら、ハミードも十中八九そうだろうと同意したんだが、念のため現地に調査に赴くと言うんだ」

「皇太子殿下が直々に怪異の調査に？」

「調査と口では言っているが、実際には物見遊山程度のことだ。我々はプライベートでダルアカマルを訪れるわけだからな。ハミードは昔からこういった話には関心を示すんだ。それ以外のことにはすこぶる現実的だが、古来伝わる妖などは頭から否定しきれないらしい」

「そのような一面がおありなのですね。意外です。でも、今は、なににせよハミード殿下のお心の向かれるものがあることが大切だと思います」

妖でもなんでも、ハミードの気が紛れそうなことがあるなら歓迎したい気持ちだ。

「あなたも水妖が出たという湖に行かれるおつもりですか？」

止めようとして聞いたわけではない。むしろ、誰よりもハミードを理解しているイズディハールが一緒のほうが、ハミードも安心してヤンチャができるのではないかと思い、同行を勧める気持ちが強かった。

「ああ、そのつもりだ」

案の定、イズディハールは迷わず答える。

そして、秋成の目をまっすぐ見つめてきた。

「よかったらきみも夜の冒険に参加しないか」

イズディハールはふわりと笑って言う。

「実はこの類の話には俺もちょっと惹かれている。半信半疑ではあるが、もし本当にそうしたものが出るのなら見てみたいんだ」

どうやらイズディハールもハミードに負けず劣らずこの噂話に興味があるようだ。冒険心を掻き立てられた子供のように目を輝かせるのを見て、こんなイズディハールも親しみが増すとほっこりする。きっとハミードもこの話をしたとき同じ表情をしたのだろう。

「世の中には不思議なこともたくさんありますから。絶対にないとは言い切れませんね」

水妖と聞いて浮かぶのは水の精霊ウンディーネだ。湖に佇む美しい女性を想像し、そういう妖ならば秋成も遭遇してみたい気がした。

この場は「考えておきます」と返事をするにとどめたが、気持ち的にはすでに同行するほうに傾いていた。

沙漠の中のオアシス都市、そこに住むイズディハールたちの中高時代の同窓生実業家、古代の遺跡、森の中の湖、そして水妖の噂——現地に赴く前から、早くも一波乱ありそうな予感がしてならなかった。

＊

高台にある豪奢（ごうしゃ）な邸宅のバルコニーに立つと、目が覚めるような美しい青色の湖が、眼下に望めた。

地下から湧き出る潤沢な水を溜めた湖は秋成の想像以上の大きさで、周囲には家屋や宿泊施設などの建物が立ち並び、集落を形成している。ここが沙漠の中だということを忘れさせるほど緑も豊かで、あちこちに木々が群生した場所がある。大きなものはちょっとした森のようにも見える。

「オアシス都市を見るのは初めてか」

「ハミード殿下」

民族衣装を纏ったハミードが来て、秋成から心持ち離れて立ち、手摺（てす）りに腕を乗せる。

「はい。本当に都市なんですね」

我ながら拙い言い方だと思ったが、ハミードは揶揄（からか）ってはこなかった。

「対岸の右手、樹木がいくつか塊になって生い茂った所、あそこに二世紀か三世紀頃造られた神殿や劇場、浴場などの遺跡がある。ダルアカマルまで脚を伸ばす観光客の目当ては概（おおむ）ねあれだ。廃墟（はいきょ）と化した建物の壁や柱や浴場跡やらが残っているだけだが、見応えはある。貴重な文化遺産だ」

秋成に横顔を見せ、景色に目を向けたまま淡々とした口調で喋るハミードは、穏やかで落ち着いた印象だ。以前は、何かというと絡まれ、返事に困るようなことを無遠慮に言われたり、冷ややかな眼差しを向けられたりすることがままあったが、今はそんな気分ではないようだ。ある意味、本調子ではないようにも感じられる。サニヤを亡くしたばかりなので、無理もないと思われた。

「俺たちは今晩さっそく、セイレーンだかウンディーネだかが目撃されたという場所に行ってみることにした。おまえはどうする？　怖かったり、興味がなかったりするなら、無理しなくていいぞ。ここでおとなしく待っていろ」

「怖くはありません。正直、噂を信じてはいませんが、現場を見てみたくはあります」

秋成は率直に返事をする。

「足手纏いにはなりませんので、ご一緒させてください」

「好きにしろ」

ハミードはぶっきらぼうに言う。

「もとより足手纏いになるとは思っていない」

「ありがとうございます」

秋成はハミードの言葉を素直に受け取る。元軍人としての自分も認めてもらえているのがわかり、嬉しかった。

「ああ、やっぱりハミードもここだったか」

背後から声がする。

振り向くと、イズディハールと、この屋敷の主であるダーヒーが、バルコニーに出てくるところだった。

屋敷に到着した際、ダーヒーは一行を玄関先まで出迎えにきてくれており、そこで秋成も挨拶はしていた。旧友三人は顔を合わせるや十年以上ぶりの再会を懐かしみ合い、積もる話が尽きないようだったので、秋成は執事に屋敷内を案内してもらうことにした。自分がいては邪魔になるかもしれないと気を回したのだ。図書室や、美術品の展示室などを一通り見て、最後にバルコニーで二階からの眺めを楽しんでいたところにハミードが来たのだが、どうやらイズディハールたちはハミードがどこへ行ったか知らずにいたようだ。

「兄上、ダーヒー。黙っていなくなって悪かった。化粧室を使わせてもらったあと、ぶらっと歩いていたら、バルコニーにエリスがいるのが見えてな」

ダーヒーの手前、ハミードは秋成を公式名称になっているエリスの名で呼ぶ。

「そんなことだろうと思っていた」

「すみません。もしかしてお捜しになりましたか」

「きみがここにいることは執事氏から聞いていた」

問題ない、とイズディハールは微笑む。

「いつまでも奥方を一人にしておくわけにはいかないと来てみれば、化粧室から戻らないきみもいて、ちょうどよかった」

ダーヒーは昔馴染み（なじ）の元学友らしい屈託のなさで、イズディハールたちともざっくばらんに口を利く。口調は砕けていても、親しさの中に敬愛がこもっているのが伝わり、好感が持てる。品よく口髭（くちひげ）を蓄え、長身の逞（たくま）しい体躯（たいく）でスタイリッシュなスーツを着こなした姿は、いかにも時代の先端を行く知的な起業家という雰囲気だ。イズディハールから聞いていたとおり、魅力的な人物だと思われた。

「我々だけですっかり話に夢中になってしまい、失礼しました」

改めて丁寧に謝罪され、かえって恐縮する。

「殿下たちとは中学から高校にかけての六年間、一緒に学んだ仲です。卒業してからは直接お目に掛かる機会がなく、今回妃殿下とご一緒に拙宅に逗留（とうりゅう）いただくことになって、光栄の極みです。滞在中はご自宅だと思ってお寛（くつろ）ぎいただければ幸いです」

「私のことは、どうぞエリスと呼んでください」

エリスというのは秋成のセカンドネームだ。幼少の頃、日本で両親を相次いで亡くし、母方の祖父母に引き取られてザヴィア共和国に来たとき、この名前と、ローウェルの名字を得た。以来ずっと、周りからはエリスの名で呼ばれることのほうが多かったため、違和感はない。祖父母にしてみれば、一人娘を駆け落ちさせて日本で死なせた憎い男の祖国に関するものは、なんであれ受け入れがたく、秋成という名を口にするのも嫌だったようだ。そうした経緯があることには複雑な思いを抱いているが、シャティーラ国の王族たるイズディハールと結婚して、国際社会に正式に公表する必要が出てきた際、エリスという中性的な名前を持っていたのは幸いだった。

「では、お言葉に甘えて。エリス、私のことはダーヒーと呼んでください。お三方の休暇がよきものになるよう精一杯おもてなしさせていただきます」

差し出された手を握り返すと、そのまま甲に恭しく口付けられた。

「はい。お世話になります」

ハミードが話を本題に戻す。

「今夜の冒険、エリスも同行したいそうだ」

やっぱりだったな、と言いたげな眼差しで、イズディハールは含み笑いをする。

「最初から俺はそのつもりだ。きみが尻込みするとは思えないからな」

「あっさり認めるとは、エリスに相変わらず甘くていらっしゃる」

ハミードはふんと鼻を鳴らし、肩を竦める。それでも顔には苦笑いを浮かべており、イズディハールの返事は聞くまでもなく承知していたようだ。

「いや、しかしだ。我々三人がいるから危険はないとは思うが、それにしても深夜に女性を連れ歩くのはどうなんだ。しかも、こんな美しい人を」

一方で、ダーヒーは困惑を隠さない。妃殿下の身に万一のことがあったらどうするのかと、気が気でなさそうだ。元々が遊牧民族家系の豪族の出で、女性に対する考え方に比較的保守的な傾向があるようだ。それでも父親たち世代よりはずっと進歩的で考え方も柔軟、多様性を認めることにも抵抗はないらしい。男尊女卑ではなく、か弱い女性は男が守るものだと叩き込まれて育ったがゆえの戸惑いが露わになった感じだった。

「心配はもっともだ、ダービー。だが、エリスには、俺と結婚する前はザヴィア国軍の近衛士官だった経歴がある」

「確かに。そう言えばそうだった。ご本人を前にしてすっかり失念していた！」

「たおやかで非力そうに見えて、空手で大男を倒すこともできる実力者だ。おそらくきみと変わらないくらい強い。侮ると痛い目を見るぞ」

「な、なるほど」

イズディハールに続いてハミードにも畳み掛けられ、ダービーは目を白黒させつつ、わかった、と頷く。

「言い過ぎです」

そんな大層な者ではないと自覚しているだけに、こそばゆい。

ハミードは素知らぬ顔で秋成の言葉を聞き流し、ニヤッと揶揄めいた笑みを浮かべる。

「妃殿下は男装もお得意だ」

こうなったら開き直るしかなく、秋成は腹を括った。

「お任せください」

傍目には余裕さえ感じられたのか、ダービーはほうと感嘆する。

「驚いたな。イズディハール、さすがはきみの奥方だ。今一瞬綺麗すぎる男性に見えてドキッとしたぞ」

「俺もいまだに同じ気持ちになる。男装すると、間近で向き合いでもしない限り、まず気づかれることはない。人目を憚りたい時はいつもそうしてもらっている」

イズディハールにまでそんなふうに言われ、ダービーに「そうなんですか」としげしげと見つめられ、秋成は面映さに睫毛を瞬かせた。

秋成にとっては、男装も女装も時と場合によるだけの、自身のアイデンティティに反さない自然な選択だが、事情を知らないダービーの目には、妃殿下にそぐわない一風変わった振る舞いに映るのかもしれない。それでもダービーは進歩的な考えの持ち主らしく、否定的な発言をすることはなく、むしろ秋成の男装を楽しみにしている様子だった。

「晩餐後、俺たちも動きやすい服装に着替えよう。今夜一晩、目撃情報が寄せられた場所で張り込みするぞ」

現地入りしたことで、イズディハールも気持ちが高まったのか、ハミードに負けず劣らず乗り気になっているようだ。冷静さの中にときおり混じる少年っぽさに、秋成はほっこりする。こういう姿を見るのは初めてだ。

八時からの晩餐までまだ間があるので、広々としたバルコニーにテーブルを用意してもらって四人で西欧風にアフタヌーンティーを楽しむことになった。

日差しは強いが、建物の陰にいれば涼しく、風通しも申し分ない。

くっきり晴れた青空の下、眼下に広がる巨大な湖と森、住宅や商店が密集した集落を眺めながら、紅茶とスコーン、サンドイッチ、ケーキをいただく。いずれも本格的で美味しい。

「俺とハミードはアメリカの大学に行ったが、きみはイギリスに留学したんだったな」

「ああ。そこで得たものはいろいろあるが、中でもお茶を飲む習慣は身に染みて離れなくなった。執事を向こうに呼んで英国式アフタヌーンティーを学んでもらったくらいだ」

「どうりでな」

「向こうでは恋人がいたんだろう。そんなような噂を耳にしたぞ」

ハミードが興味深そうに聞く。この手の話はまだタブーかと思っていたが、ハミード自身がただの世間話だという雰囲気で口にしたため、秋成も必要以上に気を回すのはやめることにした。腫れ物に触るような態度は、ハミードにとってかえって負担になるかもしれないと意識を改める。

「ダービーは昔から他校の女子にもてていたからな」

イズディハールも同じことを考えたのか、屈託なくこの話題を引っ張る。

「いや、きみたちに比べたらたいしたことなかったさ。だがまぁ、高校まで男女別々だった反動か、留学先でハメを外したのは否めない」

「俺もだ。兄上だけは今と変わらず真面目で、立場を忘れず己を律しておられたが、俺はストイックさとは縁遠かった」

「双子なのにそこは違ったんだな、きみたち」

「ああ。だから、兄上はエリスの心をがっちり摑んで早々に身を固めたが、俺はいまだふらふらしている。サニヤとは、子供まで成しておきながら縁がなかったわけだが、それも俺の不徳の致すところで、過去の不誠実な行動に罰が下ったのだと、今は受け止めている」

ハミードは自らサニヤのことに触れ、一瞬緊張しかけた場の空気を和らげた。いつまでも塞いでいては、周囲はもとより、亡くなったサニヤを心配させるだろう。だから前を向く。気持ちを切り替えて次に自分が取るべき道を探す。そんなふうに決意したかのようだ。

「アメリカでのきみが恋多きプリンスだったらしいのは想像に難くないが、それとサニヤさんのことは別だ。なんの因果関係もない。だが、本当に……残念だったな。あらためてお悔やみ申し上げる」

「ありがとう。……悪いな。ここでサニヤの話をすれば気を遣わせるとわかっていながら、浅慮だった」

「何を言う。それは当然だ。まだ二ヶ月しか経っていないのだから」

「ハミード。おまえこそ俺たちによけいな気は遣わなくていい。俺もエリスも、それからダーヒーも、おまえに寄り添いたいと思っている。そうだろう？」

「イズディハールの言うとおりだ」

ダーヒーは我が意を得たりとばかりに肯定すると、頃合いを見計らったように話を戻す。

「かくいう俺も大学の四年間にはいろいろあった。ある意味恋愛に対して食傷しているとも言える。幸い、両親とも、三男の俺には孫を早く見せろとせっついてこないので、当分は悠々自適な独身生活を楽しむつもりだ」

「こういうことは縁だと俺は思う」

イズディハールが秋成を見て、迷いのない口調で言う。

秋成もそっと頷いた。

「案外すぐに誰かいい人と出会うかもな」

自分のことは棚に上げる形でハミードが軽口を叩く。

「きみもな」

ダーヒーの切り返しにも、ハミードは余裕のある笑みで応じていた。

＊

水妖を見た、という書き込みがＳＮＳに最初に投稿されたのは三週間ほど前だ。

木々が森のように密生した中にある小さな湖に、黒い頭のようなものが浮かんでいるのを見て、ギョッとしてしばらく様子を窺って(うかが)いたらしい。時は真夜中。湖の真ん中辺りで水音を立てることなくすーっと動き回っていたそれは、投稿者がスマートフォンで写真を撮った途端、逃げるように水中に潜り、それから五分経っても浮き出てこなかったという。

月明かりに照らされた湖面に浮かぶ丸いものは、確かに人の頭のように見えなくもない。投稿は拡散されていき、怪異を信じて騒ぐ派と、さまざまな解釈や理屈をつけて反論する懐疑派に分かれ、一時ネット上でちょっとした騒ぎになった。現地までわざわざ見に来る者が少なからずいて、そのうちの何人かが、自分も見た、真っ暗な湖を泳ぎ回る水音を聞いた、などと投稿したためだ。そうした人々からも写真が何枚かアップされたが、最初の投稿者が撮ったものよりさらに不鮮明で、何が写っているのかはっきりしたものはなく、そのうちぴたりと目撃情報自体が出なくなった。三週間経った今では、ネット民の関心はすっかり薄れた感じだ。

「あれはてっきり誰かの早とちりで、便乗したアクセス数稼ぎたちがデマを広げただけの、ありがちな案件だと思っていた」

ダーヒーはイズディハールたちに付き合うのはやぶさかでなさそうだが、事態そのものは本気にしていないようだ。

「俺もはじめは同じ見解だった」

「むろん俺もだ」

イズディハールに続いてハミードも同意する。元々ハミードはイズディハール以上に現実的で冷めたものの見方をするので、そのほうがよほどハミードらしくはある。

「では、なぜわざわざ？　確かにここしばらく水妖に関する怪異話はちらほら話題になってはいたが、まさか殿下方まで興味を持つとは思わなかったぞ」

　こちらに来ないかと誘ったのは、そんなつもりではなかったと言いたげで、ダービーは困惑を隠さない。

「もちろん、最たる目的はきみとの旧交を温めることで、ここにはあくまでも休暇を取りにきただけだ。ただ、そんな妙な噂が出ているなら、治安維持の観点からも一度確かめておきたいと思ってな」

「水妖が悪さをするのか？」

　首を傾げるダービーに、今度はイズディハールが口を開く。

「どちらかといえば、興味本位の人間が夜中に騒動を起こすことを心配している。二日前、新たな目撃情報が投稿されていた。騒ぎが一段落してもう大丈夫だと思ったのかもしれないな。だとすれば、今夜も出没する可能性はあるだろう」

「ああ、あった。だが、その一件だけだぜ。ここ最近の投稿は」

　常に持ち歩いているタブレットで、ダービーは素早くＳＮＳを確認する。

「怪異出没の噂など知らずにたまたま通りかかった地元の人間が見たらしい。後で検索して、水妖の出る湖だと騒がれていたとわかったので、自分も見たと投稿したようだ。びっくりして怖かったから写真は撮らなかったが、確かに他の投稿写真と似た光景だったと書いてある」

「今はまだネットは静かだが、今後目撃談が増えれば騒ぎが再燃することも考えられる。その前に正体を暴いて、必要な処置を取りたい」

「水妖を捕まえて保護するつもりか」

「そんなところだ」

返事をしたのはハミードだが、イズディハールも真剣な面持ちを崩さずにいる。三人のやり取りを聞いていた秋成も、にわかに緊張してきた。

常識的に考えれば、湖にいたのは人間と思われるが、五分間潜ったままだったというのが事実なら酸素ボンベでも付けていない限り無理だろう。そうすると今度は、夜中に湖などで何をしていたのかという疑問が湧く。意味不明だが、どこかの国のスパイが何か仕掛けていた可能性もゼロではない。軍部と警察機構の最高責任者でもあるハミードが放置できないと判断したのも無理からぬことだ。不確かな噂話の段階で、部下を動かさずに自ら乗り出すあたりが、いかにもだ。

八時から始まった晩餐の席では、この後に待ち構えている夜中の冒険についてのこうした話がもっぱら交わされた。

伝統的な郷土料理の数々が食べきれないほど並べられた晩餐会は十時過ぎまで行われ、いったん解散して午前零時の出発時間までに各々身支度を調えることになった。

秋成とイズディハールにあてがわれたのは三間続きの贅沢な貴人用の客室で、居間を挟んで寝室が二部屋ある。いずれもキングサイズの大きなベッドが据えられており、一緒に寝ることも可能だ。

沙漠地帯にいるのを忘れそうになるほど水は潤沢に使えたが、貴重な資源を無駄にすることのないよう節水を心掛け、手早くシャワーを浴びて男ものの衣服に着替えた。

居間で待っていたイズディハールが秋成を見るなり目を細める。

「相変わらずきみはドレスだろうがメンズだろうが見事に着こなすな」

「しかも、まるで雰囲気が違う」

「いざとなったら、いいスパイになれるかもしれません」

「きみをそんな事態に巻き込まずにすむよう、俺はハミードと共にこの国をもっとよくする」

イズディハールはまんざら冗談でもなさそうに真摯な顔つきになって言う。本気でそう決意していることが伝わってきて、頼もしかった。

真夜中の隠密行動とあって、秋成もイズディハールも濃紺の上下で目立ちにくい服装だ。体にピッタリと張り付くような薄手のセーターと、伸縮性のあるズボンというシンプルな出で立ちで、体のラインがくっきりと見て取れる。普段はゆったりとした民族衣装や、着痩せして見えるスーツに隠された、イズディハールの逞しい胸板や筋肉質の太ももが、裸を目にするように想像され、ドキッとする。イズディハールのほうも、秋成に対して似たようなことを感じるのか、「刺激的だな」と眩しそうにする。

「胸がないのが丸わかりですね」

恥ずかしさを紛らわせるため、自虐的にさらっと言うと、イズディハールは真剣な面持ちで「そのほうがいい」と返す。

「きみはすらっとしていてスレンダーだから違和感はない。かえって魅力的だ」

「ありがとうございます」

他の誰にどう思われようと、大切な人にありのままの姿を受け入れてもらえるなら、それが一番だ。イズディハールの率直な言葉が嬉しく、あらためて幸せを噛み締める。

連れ立って玄関広間に下りていくと、すでにハミードとダーヒーがいて、二人からも見慣れないものを見る目を向けられた。ハミードには軍服姿は何度か見せたことがあるが、こういう怪盗のような姿を晒すのは初めてで、見つめられると照れ臭かった。

ダーヒーはダーヒーで、「わぉ」と芝居がかった感嘆の声を上げる。

「本当に素敵な人を妻にしたものだな、イズディハール。彼女を知れば知るほど羨ましさが倍々になっていくよ」

「きみにもいつか出会いがあるさ、ダーヒー」

すかさずハミードが言って、あんまり人妻をジロジロ見るなと冗談めかし、ダーヒーの肩を

抱いて玄関を出る。二人もまた、森に入って歩き回ったり、葉陰に身を隠したりしやすそうな服装だ。

小高い丘の上に立つダービーの屋敷からオアシスの近くまでは車で移動し、そこから件の湖がある森に徒歩で向かう。

航空写真で見ても巨大なオアシスの傍に、こんもりと木々が生い茂って一塊になった、いわゆる森がある。この森自体は何の変哲も面白みもなさそうな、陰気な場所だ。昼間もめったに分け入る者はいないらしい。

「昔は水を汲みに来たり、洗濯場として使われていたこともあったようだが、今は各家庭に水道が引かれているから、一般には存在を忘れられた格好になっている」

それでも、ときどき野草を摘みに来たり、鳥を観察しに来たりする者がいるらしく、人が通れる道はあった。

「水妖騒ぎが持ち上がっていた先々週は結構な人数が森に入ったみたいだから、道がだいぶ踏み固められて歩きやすくなっているな。しかし、こんな夜中に懐中電灯の明かりを頼りに進むのは、相当な物好きだけだな」

自分たちのことは棚に上げたハミードの発言に、肩を並べて歩いているダービーがおかしがって笑う。

「さすがに夜中に行った連中はそう多くなかったようだぜ。とりあえず現場を見ようという物見遊山気分のやつらがほとんどだったんじゃないか。俺だって正直怖いと思いながら歩いている。エリスさんは大丈夫なのか」

「兄上がついているから、大丈夫だ。むしろ、この四人の中で一番肝が据わっているのはエリスかもしれないぞ」

前を歩く二人の会話は秋成の耳にも届いており、自分のことを話題にされているのも承知していたが、ハミードが代わりに答えたので出る幕はなく、口は挟まなかった。

「確かに、きみはいざとなるとびっくりするほど度胸のいいところを見せる」

イズディハールがそう言って、秋成と繋いだ手をぎゅっと握りしめてくる。やはりハミードとダーヒーの話を聞いていたようだ。

「そのたびに男であるきみを意識して、俺も負けられないと発奮する」

秋成にだけ聞こえるくらいに声を潜めて続ける。

「きみは俺にとって、妻であり、対等に渡り合える友でもある唯一無二の存在だ。本当に一緒になってくれてありがとう。こんなときになんだが、いくら感謝してもし足りない」

「嬉しいです」

今までにも何度となく、イズディハールの真摯な気持ちは、言葉や態度で示してもらってきたが、あらたまって感謝されると勿体なさすぎて、どんな顔をすればいいかわからなくなる。

「私も、私が男であり女であると理解して、どちらの私も受け入れてくださったあなたに心からお礼を言いたいです。結婚してよかった」

気恥ずかしさから、いささかぎこちない口調になりはしたが、話の流れに乗る形で日頃抱いている想い(おも)を伝えることができた。夜の闇に紛れて言えたのは幸いだった。

イズディハールが再び手に力を込めてくる。秋成からも握り返した。

懐中電灯で行く手を照らしながら、草や石で躓(つまず)かないように気をつけて進む。

湖への道のりはダーヒーが知っているとのことで、迷う心配はなさそうだった。

「子供の頃はよくここで遊んだよ。生家が近くにあってな。今その家は人手に渡っているが。俺が高校に上がるとき、一家揃(そろ)ってヌカサに引っ越したんだ。ヌサカはこの近郊では一番の大都市だからな。俺はダルアカマルのほうが好きで、事業を成功させてどこででもリモートワークが可能な環境になったのを機に戻ってきたが、この辺りにはもう知り合いもいないし、森に入るのも久しぶりだ。だけど、昔とあんまり変わってないから、道案内は任せてくれ」

言葉通りダーヒーは、岐路があっても躊躇いもせずに正しい道を選び、真っ暗な森の中を懐中電灯三本分の明かりを頼りに進む。

森はそれほど大きなものではなく、五、六分も歩くと木々の隙間から、ぽっかり開けた場所が見通せた。鬱蒼(うっそう)とした水草に囲まれた水溜まりがある。

「ここだ」

ダーヒーが辺りを憚るように低く押し殺した声で告げる。俄(にわ)かに緊張感が増してきた。

「オアシスと源泉を同じくする湧き水が、枝分かれしてできた水場のようだな」

イズディハールも囁くような声で話す。

「小さいが、岸から数メートル離れたあたりから急に深くなる。子供の頃は絶対に入るなと注意されていた」

「おい」

ハミードがシッと唇の前に人差し指を立て、湖の中程を顎で示す。

月明かりに仄かに照らされた湖面に黒い頭のようなものがぽっかりと浮き出ている。

「いつのまに」

ダーヒーが唖然とした様子で呟く。

どこから現れたのか秋成にもわからなかった。気がつくと出現していた感じだ。

湖面に浮かんだものは、すーっと水面を滑るように移動する。水音一つ立てず、自由に泳ぎ回っているようだ。

ときおり首や肩が水上に出てきて、うなじに髪が濡れて張り付いているのが見て取れる。

「人……ですね」

秋成が躊躇いながら口にすると、イズディハールも「そのようだ」と同意した。

「女性のようだな」

目を凝らしていたハミードが言う。肩幅の狭さや首の細さが男性にしては華奢すぎ、丸みも帯びているので、おそらくそうだろう。

ダーヒーも含め、誰も妖だという話は真に受けていなかったらしく、実際に見て人間の女性だという確信が深まったようだ。

「向こう側の岸から湖に入ったのかな。ここからだと木が邪魔で畔まで下りられないが、あっちまで行くと水際までなだらかに下れる場所がある。昔、俺たちが見つけた秘密の通り道だ。丈の高い水草で隠れていて、パッと見にはわからないようになっていた。ただし、俺がここで遊んでいたのは二十年近く前のことだから、今はどうなっているか知らないが」

「きみも親の言いつけを聞かずにここで泳いだことがあるのか」

「ははは。まぁね」

ダーヒーはイズディハールに悪びれない笑顔を見せる。

「もちろん畔から離れず、深いところまで行きはしなかった。よく一緒に遊んでいた友達と三人で水浴びしていただけだ。ここは俺たちの秘密の遊び場だったんだ。こんな陰気な森に入ってくる観光客はまずいないし、地元の人間も滅多に通らないから、うってつけだった。小学生にはワクワクする魅力的な場所だったんだよ」

「わかる気はする。俺たちも宮殿の中に誰にも秘密の隠れ部屋があった」

「ああ、あったな。懐かしい。今もあそこはあのままになっているのか、ハミード？」

「おそらく。俺もずっと思い出しもしなかった。鍵はたぶん例の隠し場所に置きっぱなしになっているはずだから、今度開けてみる」

「お二人にもそんな場所があったのですね」

小学生くらいの双子の兄弟が、従者たちの目を盗み、何部屋あるのか数えきれない宮殿の中の、使われていない部屋を秘密基地にして遊んでいる光景を想像すると頬が緩む。秋成自身にはそうした思い出はなく、羨ましくもあった。

「あそこらへんは、だいぶ深いはずだが、立ち泳ぎが達者だなぁ。たぶん潜水も人並み以上に長くできるんだろうな。いきなりあれを見たら水妖かと思うのも無理はない」

「おい、岸に向かって移動しだしたぞ」

ハミードの言う通り、水から頭を出したまま、すいすいと向こう岸へ寄っていく。

秋成たちが潜んでいる場所から遠ざかり、やがて水辺に生えた丈の高い草に隠れて見えなくなる。おりしも月が雲に隠れ、湖上に枝を伸ばしている木と、水に浸かって群生した草葉が黒い影として判別できるだけだ。

「湖を回り込んで行ってみるか？」

「そうだな……」

思案するイズディハールをハミードが遮る。

「いや、待て」

雲が動いて再び月が現れた。

湖から全裸と思しき女性が岸に上がってくる。

思わず息を呑む。

秋成だけではなく、他の三人もギョッとして固まったように動きを止めていた。

離れたところにいて幸いだった。

見惚れてしまうほど綺麗なプロポーションの、たぶん若い女性だ。暗くてシルエットしかわからないが、張りのある乳房、きゅっと括れた細い腰、すらりと伸びた手足、形よく持ち上がったヒップと、どこをとっても塑像のように整っている。

「まいったな」

ハミードが困惑を隠さずポツリと漏らす。

「こちらに上がってこなくて幸いだった」

イズディハールはすでにいつもの冷静さを取り戻しているようだ。

「彼女が水妖の正体だとして、真夜中に何度も裸で湖に入って何をしているのか気になるな。ダーヒー、あの女性に見覚えはあるか？　どこの誰か知っていれば教えてほしい」

イズディハールの言葉が聞こえなかったのか、ダーヒーは食い入るように大木の傍で体を拭いている女性を見つめており、心ここに在らずといった状態のようだ。

「ダーヒー？」

ハミードに不審がられ、ハッとしたように我に返る。

「あ、ああ、すまん。まさか……な」

「まさか？　ひょっとして、あの女性を知っているのか？」

「いや、顔を見ないことにはなんとも言えない。ただ、ふと思い出したことがあってな。大昔の話で、今突然記憶が蘇（よみがえ）ったんだ。そう言えば、小学生の頃仲のいい同級生らと、ここを秘密の遊び場にしていたとき、一度知らない女の子がやって来て、四人で湖で泳いで遊んだことがあったなと」

　向こう岸で、長い髪をタオルで叩いて水気を取っている女性の影にちらと視線を送り、ダーヒーはいやいやと首を横に振る。そのことと彼女を結びつけるのは、あまりにも短絡的だと感じたようだ。

「男まさりの活発な子で、全然人見知りしなくて、俺たちと競うように木登りしたり素潜りしたりするんだ。おまえ誰だ、どこから来た、と聞いても名前も教えてくれなかったが、たぶん遊牧生活をしている部族の子だったんじゃないかと思う。会ったのは一度きりで、いつのまにか忘れていた。中学に進学する直前の夏休み中の出来事で、その後はきみたちも知っての通り俺はミラガの寄宿学校に入学して地元を離れたから、森で遊ぶこともなくなったしな」

「遊牧民の方々は夏場と冬場で住む場所を変えるのですよね」

「そうだ。カラハ沙漠で遊牧生活をしている部族は羊を飼っている。羊の餌になる草を得るために年に一度、百キロからの距離を移動する。遊牧民たちは当てもなく沙漠を彷徨（さまよ）っているわけではなく、だいたい決まった野営地があって、夏営地と冬営地を往復するんだ。野営地は三十キロ圏内に及び、居住用のテントを建てる場所はそのつど違う。そしてダルアカマルのようなオアシス都市で、肉や乳製品を売って穀物などを買う。交易についてきた子供が森に来たことがあったとしても不思議はないな」

イズディハールの説明で、遊牧民族に馴染みが薄い秋成にも、彼らの生活様式が具体的に想像されてきた。

「しかし、あの女性がそのときの子供だなんてことはないと思うがな」

ダービーはあらためて否定する。

「服を着終えたあとなら、近づいて声を掛けるのもありではないですか。よかったら私が話してみましょうか」

「彼女が何者か確かめるには、それが一番いいだろうな。俺たちだと警戒して逃げられるかもしれない。とりあえず気づかれないように近づこう。我々が近くに待機した上でエリスに行ってもらうのはどうだ、兄上」

「きみが行くと決めたなら任せよう」

イズディハールは元軍人としての秋成を常に信頼してくれており、迷うことなく言い切る。

「僅かでも危険を感じたら、すぐに戻ってこい」

ハミードの言い方は相変わらず横柄でぶっきらぼうだったが、真剣に秋成の身を案じてくれていることは表情から伝わってきた。秋成も神妙に「はい」と答える。

ダービーだけは落ち着かない様子で、ハラハラしているのが声に出ていた。

「くれぐれも無理はなさらないでください、エリス」

「大丈夫です。いちおう素人ではありませんので」

王子二人に加えて、森に詳しいダービーもいるので、秋成自身はそこまで不安は感じていなかった。彼女を怯えさせないようにうまくやれるだろうか、というのが唯一の気がかりだ。

ダービーの先導で、極力物音を立てないように湖を回り込む。

木の幹に女性のものと思われる衣類が掛かっており、髪の水気をあらかた取った彼女が手を伸ばして取るのが見えた。

そのとき秋成たちは彼女がいる場所まで十メートルほどの距離に来ていた。

この辺りは草木が鬱蒼としていて人が足を踏み入れるなどできそうになく、一見、湖に下りていくのは難しそうだった。

「あそこに大きな岩があるのが見えますか」

ダービーが潜めた声で秋成に耳打ちする。

懐中電灯は点けられないため、月明かりを頼りに目を凝らす。

「……あ、はい。あれですね」

「あの先の地面が緩く傾斜しています。子供の頃は、腰まで草に埋もれましたが、どうにか歩けていました。大人なら膝上くらいだと思います」

「これは確かに、そうなっていると知らないと、分け入ろうとは考えないですね」

「くれぐれも足を滑らせないように、お気をつけて」

「いきなり近づくのではなく、まずは岩まで行って、そこから声を掛けてみます」

「ああ。そのほうが向こうもいくらか驚きが薄れるだろう」

「服装、整えたようだぞ」

ホッとしたようにハミードが言う。これでようやく目のやり場に困らなくなった。

では、と懐中電灯を手に歩き出そうとしたときだ。

ピカッとフラッシュを焚いたような光が瞬き、微かにシャッターを切る音がした。

さっきまで四人が潜んでいた辺りからだ。動物か、とも思ったが、振り向いた瞬間、背の高い何者かが木の陰に慌てて身を隠すのが見え、自分たち以外にも誰かいたのだとわかった。

「しまった！　彼女も気づいたぞ」

あまりにも間が悪かった。

ダービーが小さく舌打ちする。

「イズディハール」

どうしますか、と秋成は傍を見上げて指示を仰ぐ。

すでに女性はカモシカのような身軽さと足の速さで湖から離れ、暗闇に紛れて姿を消していた。僅かな間聞こえていた葉擦れの音も止み、後を追うのは困難だ。

「逃げられてしまったな。仕方がない」

イズディハールは落ち着き払って認め、残念そうにフッと息を洩らす。

「せっかく接触できそうだったのに。どこの誰だ、邪魔をしてくれたのは」

忌々しげに言ったハミードの横でダーヒーが「おい」と緊張した声を出す。

「どうやらもう一人いたみたいだぜ」

木の陰から男と思しき体格の人間が二人姿を見せていた。

秋成たち四人の存在には気づいていないのか、女性がいなくなったからには隠れている必要はなくなった、とばかりに「撮れたか」「ばっちりだ」などと周囲を憚らずに喋っている。

「SNSの閲覧数稼ぎ目的の連中か？」

森の出口に向かって歩き出した二人が、月光の差す明るめの場所を通った際、顔が見えた。

「あの男……」

ダーヒーの呟きにハミードがすかさず反応する。

「知っているのか？」

「後から姿を見せたほう、見覚えがある。ドゥライドに雇われている男だと思う」

「ドゥライドというのは？」

「ダルアカマルでは有名な、代々続く旧家の大地主で、市政にも強い影響力を及ぼす、いわゆる地方豪族というやつだ」

「なるほど。人柄はどうなんだ？」

「それはもう、いけ好かないやつだ」

ダーヒーは歯に衣着せず単刀直入に言う。

「無類の女好きで、妻が三人いるんだが、皆酷い扱いを受けていると聞く。俺も何度か社交の場で会ったことがあるが、尊大で傲慢、横柄な中年男だ。ダルアカマルに自分が頭を下げないといけない相手はいない、己の胸三寸で市長も市議会も思いのままだと豪語していて、気に食わない相手は脅して黙らせるのが遣り口だ」

「そういう人物の下にいる男が、明らかにあの女性目当ての様子で深夜ここに来ていたのだとすると、嫌な予感しかしないな」

「私もです。何も起きなければいいのですが」

なんだか雲行きが怪しくなったようで、秋成も先ほどから胸騒ぎがしていた。

「あの女性、遊牧民たちが伝統的に着ている、足首までのワンピースを着て、手に顔布を持っているように見えた」

「ああ、俺にもそう見えた。都市部に定住している今時の女性の服装とは違っていたな。ダーヒー、ひょっとすると、ひょっとするかもしれないぞ」

「いや、待ってくれ、イズディハール。急にそんなことを言われても心の準備ができてない」

ダービーは一人勝手に狼狽え、そわそわし始める。

「心の準備ってなんだ」

おかしなやつだなとハミードは薄く笑いながら突っ込む。冷やかし混じりではありながら、温かみがこもっていて、ダービーが子供の頃に一度会っただけの少女に、できればまた会いたいと思っているようなのを汲んでの発言のようだった。不器用だが情に厚いハミードらしく、聞いていて温かな気持ちになった。

「彼女、おそらくインターネットで水妖の噂が立っていると知って、しばらくここに来るのを控えていたんだろう。噂も下火になってきて、そろそろ大丈夫かと思って来てみたら、人に見られた。さすがにもう来ないだろうな」

「変なやつらがまだ張り込んでいるとわかったからには諦めるだろうな」

「このところ、五月にしては暑さを感じる日が続いているので、水浴びがしたくて来ていただけではないでしょうか」

女性の気持ちになって考えると、秋成にはそれがいちばんの理由だと思えた。

「遊牧民たちは水を豊富に使える環境ではないことが多いだろうからな。そういう意味では、結果的に申し訳ないことになった」

「しかし、危ないまねをしていたのは否めないから、今夜を機に無鉄砲な行動は慎んでくれたほうがいい。何か事件が起きてからでは遅いからな」

ハミードの言うことはもっともで、それに関しては誰も異を唱えなかった。

「彼女が今後ここに来ないことで何事もなくすめばいいのですが、ドゥライドという方に何か邪(よこしま)な思惑があって、彼女をどうこうするつもりでいるなら、心配です」

秋成はどうしても気になって、落ち着けなかった。

「そうだな。ドゥライドの動向には当分目を光らせておく必要がありそうだ。あの女性の身元も確かめよう」

今夜はここまでということになり、ダーヒーの屋敷に帰った。

ベッドに入ったのは午前三時近くだ。イズディハールもさすがに疲れていたらしく、体を寄せ合って朝九時頃まで二人ともぐっすりと眠り込んだ。

地元警察が、とある遊牧民族一家のテントを強制捜査し、スィーリーンという女性を公序良俗違反の罪で連行したと知ったのは、皆で遅めの朝食をとっているときだった。

*

「いろいろわかりました」

ダーヒーの書斎に集まった顔ぶれには、急遽(きゅうきょ)呼ばれたドハ少尉もいた。

「悪かったな、少尉。我々の私的旅行中はきみも久々の纏まった休暇の最中だったのに、結局力を借りることになった」

「特にすることもなく暇を持て余しておりましたので、ご心配は無用です、殿下」

今は主に秋成の護衛を担当してくれているが、もともとはハミードの側近で、有能な軍人である少尉は屈託なく微笑む。

調べてほしいことがある、とハミードに頼まれた少尉がダルアカマルに到着したのは正午過ぎだった。そこから数時間でさまざまなことを調べ、午後八時からの晩餐前にはこうして皆と顔を合わせ、知り得たことを報告する手際のよさを見せてくれている。

「やはり、スィーリーン逮捕の裏にはドゥライドが絡んでいるようです。連行された警察署にドゥライドの息のかかった弁護士が訪れ、スィーリーンと話をしたことを確認済みです」

「公序良俗うんぬんというのは、公共の場で真夜中全裸で泳ぎ、ＳＮＳで噂になって世間を惑わせた、ということか」

机の端に浅く尻を乗せ、腕組みしたハミードが表情を硬くする。

「はい。ドゥライドはこの地方きっての豪族ですが、先祖は少数民族の長だった人物で、女性の自由を厳しく制限する思想の持ち主です。昨今の一般人には珍しい一夫多妻主義者で、現在妻が三人います。いちおう法律上は四人まで妻を持つことが認められていますので、彼女に、自分と結婚すれば保釈金を出してやる、と弁護士を通じて持ちかけた模様です」

「なんて卑劣な男だ！」

ダーヒーが親指の爪を一噛みして唾棄するように言う。

ソファに座って、少尉が集めた資料に目を通していたイズディハールは、一枚の写真に視線を落とし、「なるほどな」と呟く。

隣に腰掛けた秋成も横から写真を見て、「お綺麗な方ですね」と感嘆した。写真は昨年撮られた日付入りのスナップで、布で頭を覆った民族衣装姿の女性が快活な笑顔を見せている。少尉が家族から借りてきたものだ。

「ドゥライドは水妖の正体が若い女性だと知って、色気を出したのでしょう」

少尉の口調は淡々としていたが、本心はダーヒーと同じ気持ちだろうと、それなりに長い付き合いの秋成には察せられた。

ダーヒーは苦々しげに続ける。

「無類の女好きで有名だからな。昨晩（さくばん）隠し撮りした写真を見て、下卑たことを考えたに違いない。警察署長と癒着していて、日頃から便宜を図り合っているとも聞いている」

「スィーリーンさんはなんと言っているのですか」

「湖で水浴びをしていただけで、公序良俗に反するようなことはしていない、人目につかないようわざわざ夜中に行っていたと反論しています。たまたま目撃した人が、水妖ではないかと騒ぎ立てたので驚いた。まさか自分以外に真夜中森を通る人がいるとは思わなかった。しばらくすると話題に上がらなくなったのでもう大丈夫かと思ってまた行きだした。自分としては世間を騒がせるつもりなど全くなかった、と」

「事実は彼女の言うとおりなのだろうが、運悪く人に見られた上に、インターネットで拡散されてしまったのはまずかったな」

「彼女自身は携帯電話もパソコンも所有しておらず、弟から水妖が出るらしいと話題になっていると聞き、他ならぬ自分が騒がれていることを知ったそうです。家族にも内緒で、真夜中住居を抜け出し、馬で森まで行っていたのを、誰も気づいていなかったようで、突然警察が来て皆仰天していたとか」

「このままだと彼女は何か罰を受けるのですか」

もしかすると少数民族のコミュニティでは国の法律とは別の決め事があり、そちらのほうが遵守されることがあるかもしれない。村の掟(おきて)のような、コミュニティに属する以上蔑(ないがし)ろにできないルールがあって、破れば追放処分にされるようなことがないとは言い切れず、スィーリーンの身が案じられた。

秋成の質問にはイズディハールが答えた。

「そうだな……こうした軽犯罪に関しては地方の裁判所の裁定に任されるのが一般的だ。土地土地で文化や風習が違っていることもあるので、国は基本的に口を出さない。もちろん裁判自体は公正に行われなくてはならないが、今回の場合、彼女が湖で裸になっていたのは事実で、おそらく証拠の写真も提出されるだろうから、裁判になれば不利なのは想像がつく」

「この辺りでは、女性の純潔に関する考え方は非常に厳格です。判決自体は罰金刑ですんだとしても、コミュニティから追放されて居場所を失い、頼る人もなく悲惨な目に遭うかもしれません。そちらのほうが部族の女性にとっては過酷だと思います」

少尉が重苦しい表情で補足する。

「そんな」

寝苦しい夜、こっそり水浴びしただけでそんな罰を受けなくてはいけないなど、日本とザヴィアの常識で生きてきた秋成には納得できかねた。

「彼女のためにできることはないでしょうか」

「相手はすでに妻が三人もいる五十近い男だ。その妻たちに対する態度も酷いものだと、悪い評判しか聞かない。スィーリーンに結婚の意思があるのなら、それは彼女の自由だから止めないが、交換条件で無理やり嫁がされるのだとしたら、なんとかしてやりたい」

ダーヒーも怒り心頭に発するとばかりに強い口調で言う。彼女に特別な想いを抱いたのかと勘繰ってしまいそうになるほど勢いづいていて、もしかすると子供の頃一度会っている少女と同じ人なのかと考えずにはいられない。

ハミードも同じことを思ったらしく、友人同士の気の置けなさでサクッと聞く。

「結局、スィーリーンは、きみが十二歳のとき一緒に遊んだという少女だったのか?」

「正直わからない。なんとなく面影はある気がする。当時七つか八つくらいに見えたから、現在は二十五か六のはずで、年齢的にも合っている。あの場所を知っていたことも考え合わせると可能性は高そうだが、はっきりとは言い切れない」

「彼女がそうだったとしても、そうでなかったとしても、きみの心に気になる存在として刻み込まれたのは否定できなそうだな」

イズディハールがふわりと微笑み、喜ばしげな顔をする。

「そ、そんなんじゃない……からかわないでくれ、イズディハール」

ダーヒーはぎくしゃくとした口調で否定したが、赤くなった顔と、決まり悪げにうろつかせる視線から、まんざら見当違いでもなさそうだと察せられた。

ハミードもフッと揶揄めいた笑みを浮かべ、目を細めてダーヒーを見ている。

恋愛沙汰に関しては、今ハミードがどんな心境でいるのか汲み取ることが難しく、大丈夫だろうかとちょっと心配になった。辛いことがありすぎて、ハミードがどれほど痛手を受けたかと思うと、掛ける言葉に悩む。

ふと、ハミードが秋成に視線を転じた。見ていたことに気がついたのかもしれない。

目が合って、咄嗟に逸らせなかった。

——俺は大丈夫だ。

意志の強さを感じさせる力のある眼差しがそう言っているようで、ハッとすると同時に胸を摑まれた心地になる。

普段と変わらない、心持ち傲岸で高飛車な印象の顔つきを見せて、ハミードは皮肉っぽく顎をしゃくる。俺にかまわず、そのぶんまで兄上に尽くせ——そんなセリフが声なしに伝わってきて、秋成は小さく頷いた。

皆から少し離れた位置に姿勢を正して立っていたドハ少尉が、ポケットに手をやる。

ブーッ、ブーッ、と携帯電話が振動していた。

少尉は一礼して部屋の隅に下がり、応答する。そうか、わかった、と受け答えする声が聞こえる。電話の相手は、警察署に留まらせて、何かあったら連絡するよう命じておいた部下のようだ。

手短に話を終えた少尉が戻ってくる。僅かに強張った顔つきに、嫌な予感がする。

「スィーリーンがドゥライドとの取り引きに応じました。今夜一晩留置場で過ごし、明朝弁護士が保釈金を用意して迎えにくるようです」

「ちくしょう。やっぱりそうなったか」

ダーヒーが拳を固めて悔しがる。

「家族にも迷惑をかけることになるぞと追い詰められ、屈するしかなかったのでしょう」

皆一様に沈鬱とした表情になる。

「ここは、俺たちが一肌脱ぐしかなさそうだな」

口火を切ったのはハミードだった。

机を離れてダービーの傍に行き、ポンと肩に手を掛ける。

「ハミード、しかしだな、きみたちは……」

「水臭いことは言うな。きみはフェアで志の高い、立派な紳士だ。かつて一度も俺たちに頼み事をしてきたことがない。そんなきみだから俺も兄上もエリスも力になりたいと思うんだ」

「ああ。そのとおりだ」

「はい。私も及ばずながらお役に立てれば幸いです」

秋成もハミードの提案に否はなかった。

「光栄です、殿下。妃殿下」

「むろん、きみにも協力はしてもらうぞ、ダービー」

「ああ。なんでも言ってくれ」

「私にも、なんなりとお申し付けください」

最後にドハ少尉が畏まって進み出る。

頼もしい限りのメンバーがここには揃っている。

あらためて皆で策を練り、役回りと段取りを決める。

作戦決行は、明日だ。

「そうか。あの娘、起訴されて裁判にかけられたら、自分だけでなく家族の名誉も傷つけるとやっと理解したか」

『明朝、保釈金と交換に娘の身柄を引き取ってきます。十一時頃にはそちらに着けると思いますよ』

「よし、よくやった。署長には話をつけてある。楽しみに待っているからな」

ドゥライドは受話器をフックに戻すと、しまりのないニヤケ顔で葉巻を吹かした。

水妖など端(はな)から信じていなかったが、話の種にと、雇い人を湖に行かせて、写真の一枚でも撮ってこいと命じたところ、妙齢の美女が写っていた。まさに瓢簞(ひょうたん)から駒(こま)だ。どこの誰なのかは調べたらすぐわかった。毎年夏場にこの辺りの沙漠にいる遊牧民族の娘で、今年二十六だがまだ結婚していないらしい。

それを聞いた途端、自分のものにしたいと食指が動いた。

幸い、無理やりにでも言うことを聞かせるネタはある。湖から裸で上がってきて、服を着ているところがバッチリ写っている。警察署長は古くからの友人だ。弱みも握っている。電話一本ですぐに逮捕してくれた。

あとはお抱え弁護士のウマルに任せておけばよかった。こちらの希望通り、娘を宥(なだ)めたり賺(すか)

したり脅したりして、ついにドゥライドの許に来ることを承知させたというわけだ。

「明日の晩は四人目の妻との初夜だ」

押さえつけて淫らに貪るところを想像すると、たるんだ下腹部が熱を持って疼いてくる。

体はいくらか衰えたが、性欲は昔と変わらず旺盛で、色好みは健在だ。

ドゥライドにしてみれば、遊牧民の一家など、指先一つでどうにでもできる存在という認識でしかなかった。

ウマルはドゥライドに逆らえない。

元々清廉潔白な法律家とは程遠く、肩書を利用しての詐欺や恐喝、依頼人の犯罪の隠蔽、虚偽の申し立て、証拠捏造など、金になりそうなことはなんでもしてきた。我ながらうまく立ち回ってきたつもりだが、所詮は小悪党だ。金と権力を恣にし、裏社会とも繋がりを持つドゥライドにかかれば、チンピラがイキがっている程度のものだっただろう。ある時、屋敷にいきなり呼び付けられ、これまでの悪事を一つ残らず並べ立てられて、見逃してもらう代わりになんでも命令を聞く下僕になった。表向きは顧問弁護士だが、実質は、いつでも切り捨てられる便利な駒だ。

ドゥライドの好色家ぶりは呆れるを通り越して胸糞が悪くなるほどだ。

狙いをつけられた女には同情を禁じ得ない。だが、こちらも人生がかかっている。あの女を連れてこい、と命じられたら、黙って従うだけだ。

遊牧民族の娘が、脅しに屈して、顔面を蒼白にして身を震わせながら「言う通りにします」と誓った翌日、銀行が開くと同時に保釈金分の現金を下ろしに行った。

保釈金は現金でしか納められない決まりだ。娘が決意したのが銀行の営業終了後だったため、前もって用意させておくことができず、当日窓口で手続きを踏んで現金を揃えさせた。

保釈金と署長への袖の下とで嵩張る札束をいつも持ち歩いている書類鞄に詰め、車で警察署に向かう。

思いのほか窓口で時間を取られ、黒い革の鞄を助手席に置いて銀行の駐車場を出たのは午前十時過ぎになった。

まずい、と焦りが出る。

つい余裕をかまして十一時には、とドゥライドに大口を叩いてしまった。

短気で怒りっぽく、機嫌を損ねると、陰湿に容赦なくなるのがドゥライドの性格だ。弁明は通じない。

急いでいるときに限って前の車が黄色で慎重に停車し、また信号に引っかかった。

思わずチッと舌打ちする。黄色は急げが常識だろう。なんなら、赤信号でも強引に進む車も少なくない。

普通なら、クラクションを鳴らして『行け』と急かすところだが、その車が金持ち御用達の高級車だったので、喧嘩を売るのは憚られた。長いものには巻かれろがウマルの処世術だ。

信号が青になった。前の車は左折するために交差点の中程で停まる。ウマルは右折だ。それほど大きな交差点ではない。車体の長い高級車を避けて右折しようとしたとき、いきなり後ろからスピードを落とさずに右折してきたバイクが、勢い余ってぶつかってきた。

ドンッ、と助手席側のボディにバイクが当たり、衝撃で車体が揺れた。

慌ててブレーキを踏む。車は歩道に前輪を乗り上げる格好で止まった。幸い通行人を巻き込むことはなかったが、肝が縮む心地で、ぶわっと冷たい汗が吹き出る。

「おいっ、大丈夫か」

「事故よっ。誰か警察呼んで！」

近くにいた人々が集まってきて、騒ぎだす。

バイクに乗っていた男はどうなったのか。なりふり構わず逃げ出したいのが本音だが、何人もの目撃者がいる中でそれは無理だ。逃げたら罪が重くなる。圧倒的にバイクのほうの過失が大きいはずだが、こちらも全く責任がなかったとは認められないだろう。ましてや弁護士だとわかったら、責任ある行動を取らなければ世間から非難を浴びてしまう。

やむなくドアを開けて車を降りる。

幸い、バイクの男も無事のようだ。横倒しになったバイクはあちこち壊れて、道路に破損した部品が散らばっているが、本人は擦り傷程度ですんだらしく、立ち上がって歩いている。意識もしっかりしていて、よろけたりもしていない。重傷を負わせなかったことだけは運がよかった。ホッとする。

近くの交番から警官が二人駆けつけた。

現場検証と事情聴取が始まる。

これはもう、観念するしかなさそうだ。

事故を起こしたことをドゥライドに報告し、誰か代わりの者に保釈金を持っていってもらうしかない。

警察官に断りを入れ、屋敷に電話をかけた。

いつも、直通の固定電話にかけるのだが、書斎にいないらしく呼び出し音だけが鳴り続ける。携帯電話にもかけてみたが、こちらも繋がらない。

どういうことだ。

どうなっているのか状況がわからず、最後に屋敷の代表番号にかけてみた。

ようやく使用人が出た。

「弁護士のウマルだ。ちょっと不測の事態が起きた。旦那様とお話ししたい」

『そ、それが……今日は電話も来客も取り次ぐなと言われていまして』

「はぁ？　なんでだ。何かあったのか？」

『はい。今こちらも大変なことになってるんです』

使用人が興奮した口調で説明する。

「ば、ばかな。イズディハール殿下が、妃殿下とご一緒に、突然極秘訪問された、だと?」

あまりのことに、ぽかんと口を開けたまま、しばし呆けてしまう。

にわかには信じがたい。ドゥライドは確かにこの地方きっての名士だが、王族からすればたかだか一豪族、存在すら知っていたかどうか怪しいレベルだ。本当なら過分な栄誉、何を置いても最善を尽くしておもてなししなければならないだろう。なんてことだ。驚きすぎて思考が停止しそうになる。

「おい、あんた。そろそろいいか。事故の経緯を話してくれ」

警官が苛立った声で呼ぶ。

とりあえず、今日はもうあの娘にかまっている段ではなくなったのは、間違いなさそうだ。

スィーリーンの保釈金と、いろいろ特別な計らいをしてやった謝礼金を持参したのは、面識のない男だった。てっきりいつもの弁護士が来ると思っていたので虚を突かれ、最初は警戒したが、事情を聞いて納得した。

「ああ、さっき大通りの交差点で発生した事故か。ウマルがあれの当事者だったとはね」

「先生はしばらく身動きが取れないので、急遽、代わりにこちらをお届けに来ました」

書類鞄から出して、署長室の応接テーブルの上に置かれた封筒は、期待していた以上に厚く膨らんでいる。

「確認しても?」

どうぞ、と愛想のいい笑顔を向けられる。ウマルの下で働いている事務員だという、このすっきりとした顔立ちの男は、どうやら袖の下のことも承知しているようだ。

やはり、保釈金に付けられた色はかなりのものだった。満足して頬が緩む。

「では、こちらはお預かりします」

いそいそと封筒をデスクの引き出しに仕舞い、しっかり鍵をかける。

それから、代理の男をスィーリーンのところに自ら案内した。

一晩を留置場で過ごしたスィーリーンは、よく眠れなかったらしく、心なしかやつれていた。長い髪は乱れ気味で、小麦色の肌はくすんで見える。それでも、大きな目には相変わらず反抗的な色が窺え、気丈さは失っていないそうだ。

「お迎えにあがりました」

ウマルのところの事務員が声を掛けても、スィーリーンは無反応で、冷たい眼差しを向けるだけだ。事務員は淡々と仕事をこなすタイプらしく、気にした様子もない。

「ここから出る前に確認するように言われていることがありますので、申し訳ありませんが、少し二人きりにしていただけますか。私を留置場の中に入らせていただきたいのですが」

「まぁ、いいだろう。ただし五分以内だ」

「三分もあれば十分です」

係の警官に留置場の扉を開けさせる。事務員が中に入ると再び扉を閉めた。

「……なんなの？」

鉄格子で囲まれた狭いスペースで男と二人にされてスィーリーンが身構える。

男がチラと牽制（けんせい）する眼差しでこちらを見たので、肩を竦め、警官に顎をしゃくって一緒に隣の部屋に移動する。ドアは閉めたが、上半分にガラスが入っているので、中の様子はこちらの事務室から監視できる。ただし、よほど大きな声を出さない限り話は聞こえない。

男が何か言うのを、スィーリーンは最初疑い深そうな顔つきで聞いていたが、次第に表情が和らぎだし、よそよそしかった態度も軟化してきたように見えた。

ちょうど三分経ったとき、男がガラス越しに合図を寄越した。話は終わったようだ。

先ほどとは打って変わってスィーリーンが醸し出す雰囲気が穏やかになっている。ドゥライドの許に行けば悪いようにはしないなどと甘いことを言って、男が懐柔したのだろう。

「それでは、これで。どうもお世話になりました」

「ドゥライドさんによろしく伝えてくれたまえ」

男はにっこり笑って頷く。

スィーリーンを後部座席に乗せると、車を走らせ、警察署を後にした。

警察署の斜め前にある法務局地方支部の駐車場で、ハミードは助手席に座ったまま、警察署から出てきた車が目の前の通りを走り去るのを見届けた。

「ダービーがスィーリーンを無事救出したぞ」

「後部座席にスィーリーンが乗っているのを私も確認しました」

運転席のドハ少尉が双眼鏡を下ろし、ハミードと顔を合わせて恭しく頷く。

「ウマルはまだ事故現場で聴取を受けているのか」

「はい。先ほどビラール軍曹から、もうしばらくかかりそうだと連絡がありました」

「軍曹はよくやってくれた。怪我がないといいが」

「うまくバイクだけ車に当てたようです。私がやるつもりだったのですが、軍曹の言う通り、彼のほうが適任でした」

「少尉には秋成の護衛という大事な役目があるからな。あの無鉄砲ばかりする妃を任せられるのは、きみ以外にいない。きみに万一のことがあっても困る。軍曹はそれを承知で自分がやると手を挙げたのだろう。肝の据わったいい部下を持ったな」

「はい。本当に、軍曹は熱意のある勇敢な人物です。私は部下にも恵まれています」

少尉はしみじみとした口調で感謝し、ハミードの心境にも寄り添う。

「妃殿下は、今回は、イズディハール殿下とご一緒に本来のお立場に徹しておられますので、ハミード殿下もお気を揉まれずにおすみでしょうか」

「ああ。まぁ、今回はな」

嫌味たらしく「今回は」の部分を強調すると、少尉は微かに苦笑した。

「今頃は兄上と共にドゥライドの関心を惹きつけ、自分たち以外のことにかまけている余裕などなくさせているだろう。地方豪族の多くは、王室との関わりを栄誉だと思って歓迎してくれるからな。ドゥライドは特に威信と権力に弱いタイプのようだ」

「お忍び、というところがまた特別感があって、彼の自尊心をくすぐったのかと」

「らしいな。あちらのことは兄上たちに任せるとして、俺の役目はあの小悪党をとっちめることだ。叩けば山ほど埃が出るだろう。ドゥライドにも弱みを握られていて、悪事の片棒を担がされたり、犯罪の尻拭いをしたりしてきたはずだ」

「ウマルにはギャンブル癖があり、常に金に困っていることがわかっています。仕事柄知り得た機密を元に企業や個人を恐喝して口止め料を要求するなど日常茶飯事のようです。最初はドゥライドにも脅し目的で接触したらしいのですが、あちらのほうが一枚も二枚も上手で、墓穴を掘ることになったのですね」

そこまで話したとき、携帯電話が振動し、少尉がワンコールで応答した。

テキパキと用件だけやり取りし、ハミードに内容を知らせる。

「軍曹からです。現場での事情聴取が終わり、今日のところはいったん帰宅が認められたそうです。ウマルは先ほど書類鞄を抱えてタクシーに乗り、現場を離れました。行き先は、我々の目の前の警察署だと思われます」

遅ればせながら、スィーリーンの保釈手続きをしに向かっているのだろう。すでにウマルの使いを騙ったダーヒーが連れていった後で時すでに遅しだ。

「やっと俺の出番だな」

「お供します」

「ウマルをちょっと震え上がらせて、十分な額を渡して高飛びさせてやる代わりに、ドゥライドの不正や悪事について洗いざらい喋ってもらうだけだが、少尉がいれば鬼に金棒だ」

「来ました。あのタクシーです」

角を曲がってタクシーが現れた。

少尉が黒塗りの高級車を発進させる。ダーヒーの所有車の一台だ。事故が起きたとき前にいた車だと、ウマルは気づくかもしれないが、ここまでくればもう今さらだ。

警察署の出入り口に面した歩道の路肩に車を停め、タクシーが来るのを待つ。

タクシーはハミードたちの車の少し後ろで停車し、ウマルが降りてきた。

「行くぞ」

ドアを開け、少尉を従え、足早にウマルに近づく。

運転手に料金を支払っていたウマルがふと首を回してこちらを見た。

民族衣装で正装しておらず、休暇でリゾート地を訪れた観光客のようななりをして、サングラスを掛けたハミードを、果たして皇太子だとすぐにわかったかどうかは定かではない。

だが、何やら悪い予感がしたらしく、警戒した様子で提げていた書類鞄を胸に抱え込む。

そのまま警察署の玄関目指して走り出そうとしたところを、少尉がすかさず先回りして行く手を阻んだ。

「なっ、なんだ、おまえたちは！」

「スィーリーンなら、もうここにはいない」

「なんだと？」

ウマルが目を見開いてハミードを凝視する。

「そこで相談だ。いろいろ聞きたいこともある。俺たちと来てもらおうか」

ハミードが親指をクイと曲げて背後の黒い車を示す。

「こ、断る……っ」

身を翻し、無理やり少尉の横を突破して署内に駆け込もうとするが、少尉には一分の隙もない。体当たりされても、体格の差などものともせずに受け止め、腕を捻(ひね)ってあっという間に捕まえる。

「イタタ、痛い。放せっ」

「すみません、おとなしく言うことを聞いてくれるなら緩めます」

「車の中で話すだけだ。俺は約束は守る」

そう言って、ゆっくりサングラスを外す。

「……！　ま、まさか……あなたは……」

ハミードの顔を見たウマルは驚愕し、激しく緊張して、言葉がうまく綴れなくなったかのごとく口をぱくぱくさせる。

ハミードはサングラスを掛け直すと、フッと笑った。

「ドゥライドのところには兄夫婦がお邪魔しているはずだ。今ならおまえがどこで何をしていようと気にする余裕はないだろう」

「……わ、わ、わ、かりました」

ウマルが観念した様子で項垂れる。

素直に車まで歩き、少尉と並んで後部座席に乗った。ハミードは運転席に座る。

ウマルは皇太子が相手ではドゥライドにも勝ち目はないと悟ったのか、自分の身の安全と引き換えに、これまで重ねた悪事について喋った。

これを元に警察を動かし、証拠を固めてドゥライドを逮捕起訴することができるだろう。

ウマルはその夜のうちにダルアカマルを出て、ドゥライドの手がすぐには及ばない場所に逃げたらしかった。

＊

ダルアカマルの旧市街区の外れに、紀元前に建てられた神殿の遺跡がある。

イズディハールと共にドゥライド邸を訪問し、丁重かつ豪勢な歓待を受けたあと、ダーヒーの屋敷に帰る前にここに立ち寄った。せっかくなのでぜひ晩餐も一緒にと勧められたのだが、夕陽を浴びた遺跡がとても綺麗で見応えがあると聞いているので、これからそこに行く予定だと断った。

決して口実にしたわけではなく、前から見たいとイズディハールと話していた。

今の時期、日没は午後七時頃だ。六時過ぎに丘の上に立つ遺跡に到着し、他の観光客らに紛れて見て回った。秋成は頭に布を被り、イズディハールはサングラスを掛けており、周囲に気づかれた様子はない。

何本もの壮麗な柱と、壁や天井の一部がしっかり残っていて、二千年以上前の建物を目にしているのだと思うと不思議な気持ちになる。

白を基調とした石造りの神殿は今も美しく、建物が完全な状態だった時は、さぞかし厳かだっただろう。

「今日、最後にきみをここに案内できてよかった」

並んで歩きながら、イズディハールがほうっと安堵したような溜息を洩らす。

「ドゥライドという男、聞いてはいたが、実際向き合うと不快な相手だった。きみは大丈夫だったか？」

「そう……ですね、私は平気でした。裏表ある振る舞いや、相手の立場によって態度を変える人がいることには慣れているので、嫌な気持ちになることがあっても、あまり気にしないでいられます」

「きみはずっと辛い目に遭ってきたからな。嫌なことに耐性ができているというのは、俺としては胸が引き絞られるが」

イズディハールは複雑な顔をする。

「私よりあなたのほうが、こうしたことには繊細なのかもしれません。お心を痛めさせてしまい、申し訳ないです」

「俺はただ、きみを幸せにしたいだけだ。甘やかせるだけ甘やかしたい。俺にできることならなんでもする。きみが強い人だということは承知しているが、全力で守りたい」

「ありがとうございます」

イズディハールの熱くて真摯な言葉を聞くたび、自分なんかにそこまで強い気持ちを抱いてくれるイズディハールに、こちらも精一杯応えたい、同じだけ返したいと思う。

「きっと、ダーヒーさんもスィーリーンさんを守りたいと思ったのでしょうね」

無事警察から連れ出して、屋敷に匿（かくま）った、とイズディハールに連絡があったときには、胸を撫（な）で下ろした。念のため、夕方までドゥライドを引き留めておくべく午後のお茶にも付き合ったが、少しは役に立てたようで幸いだ。今頃、事務員と名乗った人物がスィーリーンをどこかに連れ去ったと知って大騒ぎしているだろう。ウマルとも連絡が取れず、何が起きたのか理解できずに動転しているかもしれない。

「あの二人、やはり子供の頃一度一緒に遊んだことがあったそうだ」

「お互い覚えていたのですね。それでスィーリーンさんも、ダーヒーさんを信じてついてきてくださったと。縁を感じます」

「ああ。この先どうなるかは本人たち次第だが、なんとなくいい方向にいくんじゃないかという予感がしている」

「そうだといいですね」

「スィーリーンとダーヒーの一件は、ハミードにも少なからず影響を与えたようだ」

ダーヒーの懸命な姿勢を見るハミードの様子から、薄々そんな気はしていたが、双子の片割れであるイズディハールが、他人には計り知れない絆（きずな）で察知したらしい確固たる口調で言うのを聞いて、やはりそうなのかと納得する。

秋成でさえ、スィーリーンを心配し、力になりたいと尽力を惜しまないダーヒーの気持ちの熱さ、真剣さは胸にきた。中高という青春時代を共に過ごしたハミードは、秋成以上に深く感銘を受けただろう。想像に難くない。

誰かを愛したい、愛されたい——またそんな気持ちが湧いてきたのではなかろうか。

「……ハミードにも……」

イズディハールが独り言のように呟く声を、日が沈みだした沙漠を吹き過ぎる風が掻き消した。最後までは聞き取れなかったが、秋成の思いと同じだった気がして聞き返さなかった。

「見ろ、秋成」

丘の上に立って遺跡を見下ろすと、乳白色の建物に赤い夕陽が照りつけており、一帯が薔薇(ばら)色に染まって見えた。

「本当に美しいです」

「ああ」

イズディハールが秋成の手をしっかり握りしめてくる。

寄り添って眺める遺跡の日没は、これまで秋成が見た中でも特に心に残る景色になった。

幸先のいい予感に包まれてダービーの屋敷に戻ると、ハミードが険しい表情で秋成とイズディハールに、話があると合図してきた。

ただ事ではない様子に、一転して緊張に襲われる。

「ザヴィアのユーセフ首相が、演説中に爆弾テロに遭った」

咄嗟に言葉が出ず、息を呑んで目を瞠る。

「それで首相は無事なのか」

「警護担当者が重傷を負ったが、首相はかすり傷程度ですんだそうだ」

イズディハールとハミードが額を突き合わせて話す傍らで、秋成はただ呆然としていた。

「一難去ってまた一難だな」

イズディハールが深刻な表情で言い、秋成に視線を向けてきた。

「……とにかく、休暇は終わりだ」

「そうだな」

ハミードも秋成を見る。

秋成は二人と顔を合わせ、拳を握って指の震えを抑えつつ、気を取り直して頷いた。

2

秋成（あきなり）がザヴィア共和国の国籍を取得したのは十二歳のときだった。

それまでは父親の国である日本で、家族三人幸せに暮らしていた。日本での思い出は楽しかったことのほうが多い。幼稚園や小学校では、髪や瞳の色が珍しいと特別視されたり、揶揄（からか）われたりはしたが、イジメというほどひどくはなかった。

両親が相次いで亡くなり、母方の祖父母に引き取られ、十五年間過ごした東欧の国は、秋成にとってやはり祖国と言うべき場所だろう。

中高一貫の全寮制名門校から士官学校に進み、卒業後は近衛（このえ）部隊の将校として、秋成なりに精一杯母の祖国を愛し、護（まも）ろうとしてきたが、ザヴィアから受けたのは、国賊の汚名を着せられての国外追放処分という仕打ちだ。

外相のシャティーラ王国訪問にあたって警護の任を仰せつかり、同行した先で起きたテロ事件。シャティーラ政府と敵対する地下組織と結託してテロを支援した上、ザヴィアが国家的にこの件に関与していたかのように工作し、両国間の外交にヒビを入れた、と一方的に決めつけられ、二度とザヴィアには戻れなくされた。

それが事実無根の濡れ衣だということは、秋成自身が一番よく知っている。神にかけて祖国を裏切ってなどいないと誓える。

幸いにも、秋成にはこれ以上ないくらい心強い味方がついてくれていた。シャティーラの双子の王子、イズディハールとハミードだ。

イズディハールたちもザヴィア側の説明には納得しておらず、テロ組織に武器を密売したのは秋成とは似ても似つかない人物だったとの調査結果をもとにザヴィアを追及していたが、まともな回答を得られないまま国交断絶という形になり、二年近く関係が途絶えていた。

その間に秋成はイズディハールと結婚し、シャティーラ王室のメンバーとなった。男性でもあり女性でもある秋成の特殊な事情を、二人以外ではっきりと知っているのは、ハミードだけだ。もしかすると、秋成と何度も行動を共にしているドハ少尉も、薄々気づいているかもしれない。ザヴィアではシャティーラの王子の結婚の話題は無視されたらしく、相手が元近衛部隊のローウェル大尉だと知っている者はほぼいないようだ。知られていたら、きっと騒ぎになっただろう。

二国間の状況が変わったのは今年二月のことだ。

ザヴィアで、軍部によるクーデターが起きた。そして、つい先々月、長く続いた一党独裁政党が国民総選挙の結果倒されたのだ。クーデターを指導したアレクシス・ユーセフ大佐が首相になって新たな政権がスタートを切り、シャティーラとの国交も復活させる運びとなった。

実はクーデターの最中、秋成は一私人としてザヴィアに入国し、国境警備隊に逮捕される形でユーセフ大佐の監視下にいた。クーデターを起こした一派が、秋成の祖父母宅であるローウェル家を作戦本部として占拠したと聞き、居ても立ってもいられず、イズディハールたちと綿密に打ち合わせた末、許しを得て思い切った行動に出たのだ。

元々、ユーセフ大佐のことは同じ軍籍に属する者同士として知っていた。理知的で常に冷静沈着、いざとなったら誰よりも勇猛果敢な優れた軍人と評判で、本人を前にして、それが過大評価ではないと確かめられた。高齢の祖父母に対する処遇は丁重で、政府との話し合いが纏まるや即時撤収し、屋敷を元の状態にして祖父母に返した。政府からの攻撃を避けるため、政財界に幅広く人脈を持つローウェル家の当主を人質にしたのは事実だが、最大限に人道的な扱いをする配慮はあったと言える。最終的に何ら危害を加えられることなく解放されて心から安堵した。

こうしたきっかけでもなかったなら、もしかすると一生祖父母と再会せずじまいになったかもしれない。あらためて二人と向き合って、互いに誤解していたところがあったと知り、少しだけ歩み寄れた気がしたのが一番の収穫だった。イズディハールやドハ少尉には多大な心配と迷惑をかけてしまったが、行かせてもらって感謝している。祖父母に、とある方と縁あって結婚しました、とだけ報告できたことも、本当によかった。ずっと、密かに、気になっていた。どんなに関係が拗れていようと、祖父母は秋成の数少ない大切な親族だ。大好きだった母の両親でもある。その二人にまで結婚したことを黙っているのは心苦しかった。さすがに、相手がシャティーラの王子だとは言えず、秋成を男性だと信じている祖父母には、女性と結婚したのだと誤解されているのを承知で、正さないままにしてしまったが、今の段階ではそれが精一杯だった。僅かでも真実に近づく一歩を踏み出せたことを、よくやったと、自分に言っている。

真実を詳(つまび)らかにするためには、ずっとひた隠しにしてきた体の秘密を打ち明けないわけにはいかず、まだ、そこまでの決意が固められていない。

男だとして生きてきたのは嘘(うそ)ではない。けれど、同時に女でもあった。十二のときにはもうはっきりと自分の性の特異性を理解していた。他人には知られたくなかった。特に、祖父母は秋成を男児と信じきっていたし、男でなかったなら引き取らなかったとはっきり言葉にされたこともあり、両性具有だとばれたなら、きっと捨てられてしまうと恐怖した。

だが、今は、イズディハールがいてくれる。

もうひとりぼっちではない。

いつか祖父母にもすべて話せる日がくるだろうか。自分が勇気を出しさえすればいいのだと頭ではわかっている。けれど、実際にはそう簡単なことではない。

いつか、――いつか。二月に祖父母と別れて以来、ずっと念じ続けている。

そんな矢先のユーセフ首相を狙ったテロ事件勃発だ。

ザヴィアで起きたことは、秋成にとって他人事(ひとごと)ではまったくなかった。

＊

オアシス都市ダルアカマルから首都ミラガに戻った翌日午後、ハミードがイズディハールと秋成の許を訪ねてきた。

「ユーセフ首相と話せたそうだな、兄上」

居間でソファと安楽椅子に分かれて座り、思い思いに飲み物を手にするやいなや、ハミードが本題に入る。

「ああ」

イズディハールは普段と変わらない落ち着き払った口調で続ける。

「犯行声明は今のところ出ていないが、おそらく旧体制支持派が暗殺を企てたのだろうとアレクシスは言っていた」

革命軍と旧政府が一つのテーブルに着くことになった際、裏から手を回して双方の間を取り持ち、さらにはオブザーバーとして極秘に会合に立ち会ったイズディハールは、ユーセフ首相と面識があり、個人的にも親しくしている。アレクシス、とファーストネームで呼ぶほどだ。

昨晩、電話で結構長く話していたことを、秋成も承知していた。

「国民総選挙を行って圧倒的な支持を受けて就任した首相だが、王政時代から既得権益を振り翳して甘い汁を吸ってきた一部特権階級の反発はおさまっていないようだな」

「新体制下では、まずそうした一握りの旧貴族や資産家が所有する不動産に課す税率を上げて事実上の資産返却が進められているので、抵抗が激しいだろうことはわかっていたが、いきなり爆弾で暗殺を試みるとは想像以上に過激だったな」

ハミードは眉間に皺を寄せ、深刻な表情をする。

チラッと秋成に流した視線に、ローウェル家への影響を慮ってくれたのを感じ、恐縮した。

「きみもご祖父母のことが心配だろう。連絡はしてみたか」

イズディハールにも気遣われる。

「はい。すぐに電話を切られましたので、詳しくは聞けなかったのですが。祖父母は新体制を受け入れる覚悟は以前からしているようでした。自分たちは今後すべきことをするだけだ、余計な心配は無用、と言われました」

「誇り高くて気丈な方々のようだから、そうおっしゃるだろうな。間違っても、テロ行為などという乱暴な手段を用いるのも厭わない連中に賛同し、加担することはなさそうだ」

「それは信じていただいていいと思います」

祖父母と別れる前に交わしたやりとりを反芻し、請け合う。イズディハールはもちろんのこと、ハミードもかけらも疑っていない眼差しで秋成を見て頷く。

「だが、だからこそ、安寧としていられない気もする。なまじっか力のある家柄だけに、旧体制支持派に面倒な存在だと煙たがられ、自分たちと足並みを揃(そろ)えないなら危害を加えて排除しようと考える者がいないとも限らない」

「俺もその可能性を無視できず、気を揉(も)んでいた」

「私もです」

　標的にされたユーセフ首相が無事だったと聞いて、胸を撫(な)で下ろしたあと、次に不安になったのは祖父母も狙われるのではないかということだった。

　二人の様子をもっと詳しく知りたい。一時は逃亡していたものの、他に居場所はないと腹を括(くく)ってローウェル家に戻ったはずのワシルはどうしているのか。確かめる暇もなく、祖父にそっけなく通話を切られてしまい、わからずじまいだ。

　正直、祖父母が後継に定めて養子にした遠縁のワシルは、尊敬できる人間性の人物とは言い難く、信じて祖父母を任せていいものかどうか悩むところだ。今は更生しているようだが、麻薬に手を出していたこともあり、臆病さや弱さを、尊大かつ傲慢な振る舞いで隠そうとしていた印象が強い。日和見的で、逃げ足だけは早いことにも前例がある。クーデター勃発直前に祖父母を置いて一人で国外に脱出し、それまで蔑み続けてきた秋成に助けを求めてきたのだ。

「アレクシスにもローウェル家の現況について聞いてみたが、撤収以来当主夫妻には会っておらず、噂(うわさ)話程度しか知らないとのことだ。その噂だが、夫妻が養子にした遠縁の男は、今屋敷にいないらしい」

えっ、と秋成は目を瞠る。

ワシルがローウェル邸にいない？

ひょっとするとそんなことになっているのではないかと、不穏な考えが一度も頭を過らなかったわけではないが、祖父母の許でやり直すと決めた心根を信じたい気持ちが勝り、今度こそ己の責務を果たしてくれと期待していた。もう二十四歳なのだから、いい加減責任ある行動をして、祖父母に迷惑や心配をかけないでほしいと祈る気持ちだった。

それを、またしても裏切られたのだろうか。それとも、何かもっともな理由があってのことなのか。

「どういうこと……なのでしょう」

困惑する秋成にイズディハールは力付けるように言う。

「当主ご夫妻もご承知の上なのか、いなくなったと騒ぎ立てた様子はなく、お二人はいつも通りに規則正しい毎日を送られているようだ。あの男のことはさておき、ご祖父母の身には今のところ何事も起きていないとのことなので、差し迫った問題がある状況ではなさそうだ」

イズディハールの弁にひとまず安堵する。

その上で、こちらを見据える目の真摯さに、何か決意していることがあるようなのを察し、気を引き締めた。

「ザヴィア国内の政治問題に他国が干渉するのは避けるべきだが、旧政府と革命軍とが話し合いのテーブルに着くよう取り持った身としては、首相暗殺未遂事件が起きたと聞いて知らん顔するのは心地が悪い。乗りかかった船、というやつだ。辛くも難を逃れたアレクシスを見舞いに、ザヴィアに行こうと考えている」

予想と違わぬ発言に、秋成は咄嗟にハミードの顔色を窺った。

双子の兄のことは誰よりも理解しているであろうハミードからは、いささかの驚きも感じられず、フッと苦笑混じりに、諦念に満ちた溜息を洩らしただけだった。

「どうせ止めても無駄でしょうから、止めはしないが、兄上」

「あの……」

秋成が思い切って口を開いたのを遮るようにハミードは続ける。

「ユーセフ首相を狙ったテロが失敗したからには、敵はまだ目的を達成していないことになる。再度テロを計画する可能性が高い。そんな中、危険を冒してザヴィアに行くのは無謀だと、我が国の政府や国民から非難されそうですが」

「ああ。アレクシスにも、私的な訪問という形にしたいと申し入れた」

イズディハールは涼しい顔をして矛先を躱す。

ハミードがまた溜息をつく。今度のはいくぶん長く重めで、皮肉っぽさが含まれていた。

「それで?」

ここでいきなりハミードに睨むような一瞥をくれられ、秋成は動揺した。

先ほど口にしかけた言葉の続きがさっと出てこない。

だが、秋成より先にイズディハールが、言おうとしていたことを代弁してくれた。

「秋成にとっても関わりの深い一件だ。俺だけ行くと言っても納得しないだろう」

「まぁ、そうだろうな」

同じ顔をした兄弟から同時に視線を向けられ、気圧されそうになる。常に秋成の味方であり続けてくれているイズディハールの眼差しは穏やかで揺るぎがない。ハミードのほうは、苦虫を噛み潰したような表情に見合った険しい目つきではありながら、二人の身の安全を慮ってくれていることが感じられる。双方の思いが胸にきた。

すうっと息を吸い込み、ひとおもいに言ってしまう。

「ご一緒させてください」

もとより、二人ともこうなることは織り込み済みだったようで、イズディハールの意向を確かめることもなくハミードはフイとそっぽを向く。ここから先は秋成たちの問題で、自分の出る幕ではないと言わんばかりだ。端から反対するつもりもなかったのだろう。

「私的訪問とはいえ、万一情報が漏れてシャティーラの王子夫妻が来ていることがバレたら、あちらの警備担当者に余計な負担をかけることになりかねない。メディアの規制も我が国と違って、女性の写真掲載も基本フリーだ。女装していても、きみを知っている者にはローウェル元大尉だとわかって、騒ぎになるかもしれない」

「そうならないよう、男装します。殿下の友人としてザヴィアに同行することを、お許しいただけますか」

「ああ。前回と同じく、そのほうがいいと思う。いずれアレクシスには、きみを俺の伴侶だときちんと紹介するつもりだが、今はまだ時期尚早の気がする。もう少し国内の情勢が落ち着いてからでなければ、アレクシスも余裕がないだろう。折りを見て、と考えている」

「はい。ありがとうございます」

想像以上に話がすんなり纏まって、秋成はなんとなく申し訳ない気持ちになった。

日頃からいかに無茶な頼み事を繰り返しているか、二人の慣れた態度から思い知らされるようで恥ずかしい。すみません……と胸の内で謝って、俯きがちになる。

「今さらだ。しおらしく項垂れる暇があったら、兄上の理解の深さと寛大さに感謝しろ」

ハミードがつっけんどんに言って、頭を覆うカフィーヤの端を無造作に払う。意味があるとも思えない動作に、秋成に対してまだ素直になりきれずにいるハミードの不器用さが表れているようで、冷ややかな物言いも気にならない。言葉とは裏腹に、優しさと情を感じ、ありがたく思う。むろん、イズディハールには言葉では言い表せないほど感謝している。

「俺は公務があるので、明日の出立は見送れません。兄上、重々お気をつけください。何かあればご連絡を。ドハ少尉が一緒なら心強いです」

「悪いな、ハミード。おまえにばかり公務を押し付けることになってしまって」

「兄上とは、二人で一人のようなものです。国民も皆そう思っているのを肌で感じます。悪い意味ではなく、もちろん俺の卑屈な考えでもなく、俺の中に、皇太子だったときの兄上の姿を重ねている。幸運なことに、大半の国民は、俺自身にも失望はしていない様子です。俺はいろいろな意味で兄上に助けられています。ですから今回の渡航もお気兼ねなく」

ハミードの言葉には、無理をして心にもないことを言っているような感じはしなかった。もともとそういう気質の人物ではないと秋成も承知している。

「本当にいつも感謝している。どう報いればいいかわからないくらいだ」

「報いも礼も不要ですよ」

ハミードはさばさばした調子で言い、ちょうど飲み終えたティーカップをサイドテーブルに置くと、すっくと立ち上がった。

「さて。それでは俺はこれで失礼します」

上背のある堂々とした体躯の立ち姿に、周囲を圧倒する威厳と気品が醸し出ており、見惚れてしまう。独身ながら一児の父親になって、ますます頼りがいと貫禄が増した気がする。出会った頃は、次男で気ままな王子らしい直情的なところや、傲岸不遜さがちらついていたが、今やすっかり皇太子然としていて、イズディハールに勝るとも劣らぬほど魅力的だ。

「なんだか、すっかりおまえに追い越されてしまった気分だ」

イズディハールも秋成と似たようなことを思ったのか、自分のことのような誇らしさや嬉しさを滲ませる。

「それはない。まだまだ兄上には及ばないところだらけです」

単に謙遜したわけではなく、本気でそう思っているらしく、ハミードは軽く顔を顰め、自嘲するような笑みを口元に浮かべた。他人に厳しい分、自分にも容赦がないようだ。慢心しないところがハミードらしいし、イズディハールともやはり似ている。

王宮に戻るハミードを、イズディハールと共に車寄せで見送ったあと、少し庭を散歩した。

「明日の午後、プライベートジェットでザヴィアに発つ。今回、俺はアレクシスの私邸に滞在させてもらうが、きみはご祖父母の傍にいるか？　あちらに遠慮して、居心地の悪い思いをすることになりそうなら、俺と一緒に来てほしい。ご祖父母と会った際の感触で決めるのでかまわない」

中庭に設けられた遊歩道を、肩を並べてゆっくり歩きながら、向こうでのことを話し合う。

「そう……ですね、あちらの状況次第ということにさせていただけたら助かります」

「もちろんそれでいい」

秋成側の事情と、意思を優先させてくれるイズディハールの気持ちが嬉しい。やはり、一番の気掛かりは祖父母のことだ。ワシルが不在と知って、いよいよ現況を確かめないと落ち着いていられなくなった。なにかと強がる、プライドの高い人たちなので、直接会って話さなければ実情がわかりづらい。勘当された身だが、それまでは確かに恩を受けてきたし、今秋成にできることがあればしたい。しばらく傍にいさせてくれるなら、いたいと思う。

「いかにユーセフ首相が優れた方でも、体制が変わってすぐには安定しないだろうと思ってはいましたが、やっぱり国を動かすというのは難しいものですね」

「何千万人もの、さまざまな立場や思想の人間の思惑が交錯するからな」

イズディハール自身、物心つく頃からずっと父王の背中を見てきた境遇なだけに、秋成以上に政治の難しさを感じているだろう。さらりとした口調だったが、言葉にできない深さと重みが伝わってくるようで、ズシンと胸に響いた。

「俺は生涯ハミードを陰から支えていく覚悟だ」

「はい。承知しています。私もあなたと一緒です」

「秋成」

遊歩道の途中でイズディハールが足を止め、秋成の左手を取る。

辺り一面に白いジャスミンの花が咲いており、風に乗ってふわりと芳香が漂ってきた。

「この先、何があっても俺はきみと共にありたい」

優しく持ち上げられた手にイズディハールが口付けする。

温かい唇が手の甲の次に薬指の指輪にも落とされ、結婚を申し込まれたときのようにドキドキした。心臓が鼓動を速め、頬が熱くなる。

「共にいさせてください。私の気持ちはずっと変わっていません」

「ありがとう」

髪を撫でられ、顎を指で掬われる。

あ、と思って目を閉じた次の瞬間、唇を塞がれていた。

抱きしめられて、熱の籠もったキスをされ、睫毛を震わせる。

花の香りがいちだんと強くなった気がした。

3

ザヴィアの首都ネルバ――二月に軍用空港から発ったときには、よもや三ヶ月後にまた舞い戻るとは想像もしなかった。

「次にアレクシスと会うのは、首相として我が国の迎賓館にお招きするときかと思っていたが、その前にまたこうして我々のほうから訪れることになろうとはな」

イズディハールが個人で所有するプライベートジェットが、着陸態勢に入った。

隣同士の席に座り、シートベルトを締める。

「今回も軍用空港を使わせていただくのですね」

「正式な国交回復は来月からと両国間で決まったばかりだからな。極秘入国なので、出迎えには秘書官を差し向けるそうだ。そのまま車でアレクシスの私邸に行き、そこで再会という段取りになっている。きみも一旦従ってくれ」

「はい。もちろんです」

今回の護衛はドハ少尉とその部下二名だ。到着すれば、秋成はイズディハール王子の側近として行動する。シャティーラ軍の近衛士官服に身を包むと、自然と軍人らしい立ち居振る舞いになる。初めて顔を合わせた少尉の部下二人も、まさかこの側近がエリス妃だとは夢にも思っていない様子だった。帽子を目深に被っていたせいもあるだろうが、状況的に有り得なさすぎて、そんな考えはちらりとも浮かばなかったようだ。べつに彼らにはバレたらバレたでかまわないのだが、説明の手間が省けたのは幸いだった。

「ローウェル家当主ご夫妻のことはアレクシスがある程度把握しているだろう」

秋成の一番の気がかりはそれだと承知しているイズディハールが、気遣うように言う。

「ユーセフ首相にお話を伺ってから、祖父母に今ザヴィアにいることを伝え、訪ねたいとお願いしてみるつもりでした」

「そうだな。きっと驚かれるだろうが、本心はきみの顔を見られてお喜びなのではないか」

「ならば、よいのですが」

秋成は控えめに微笑した。そうなら嬉しいが、そうでなくても安否を確認するだけで心が安らぐので、ありがたい。

小型ジェット機がフラップを出し、その後ギアを下ろす音がする。

前方のスクリーンに滑走路が映っていた。ランディング間近だ。

ぐんぐんと地面が迫ってきて、やがてギアが接地する衝撃に体が揺れた。

エプロンに機体が停まり、乗務員がドアを開けてタラップを下ろす。

「行こうか」

「はい、殿下」

秋成は畏まって返した。ここから先は友人として振る舞わなくてはならない。

先に出口で待機していたドハ少尉たちが、異常ありません、と敬礼する。

イズディハールに続いてタラップを下りていくと、エプロンで一行を待ち受けていたザヴィア国防軍の軍人数名が近づいてきた。

中に一人、少尉の階級章を付けた青年士官がいた。他の者たちが一定の距離を置いて足を止め、直立不動の姿勢を取る中、一人イズディハールの傍まで歩み寄り、恭しく一礼する。

「ユーセフ首相の特任秘書官の、ジュール・クリストフと申します。ご滞在中、ご一緒する機会もあるかと思います。どうぞよろしくお願いいたします」

上品な佇まいの、美貌の青年だ。爽やかで感じがいい。イズディハールも好感を持ったようで、手を差し出して「こちらこそ、よろしくお願いする」と気さくに声を掛けていた。

どちらかといえば細身で、背丈もそれなりに高く、スタイルのよさが際立つ。ザヴィア人に多いブラウンの髪を長く伸ばして後ろで一括りにしており、軍人というより官僚の印象が強い。緑の瞳の知的さもそれに一役買っている。以前秋成が所属していた近衛部隊の、装飾的な式典服が似合いそうな雰囲気があり、親近感を覚えた。

ジュールのほうも、イズディハールの後方に控えていた秋成に関心があるようで、ちらちらとこちらに視線をくれる。

今回、秋成が王子殿下の側近兼友人として同行することは、前もってユーセフに伝え、許可を得ている。当然ジュールも、秋成の過去と、現在の状況を知っているはずだ。興味津々の眼差しを向けられるのはもっともで、それ自体は気にならない。ジュールが秋成を見る目には、嫌悪や疑惑、不信などといったマイナスの感情は感じられず、むしろ憧憬（どうけい）や敬意のようなものが含まれているようで、逆に気恥ずかしい心地になる。

自分は反逆者でも国賊でもない。誰かに後ろ指を差されるようなまねはしていない。それだけは胸を張れるが、かと言って、国のために何かしたわけではなく、自分を立派だとは思わない。自分自身と身近な人々のことを考えるだけで手一杯の、ごく普通の人間だ。もしそれでがっかりさせることになれば申し訳ない気持ちになる。

「秋成・エリス・K・ローウェルのことは、ご存知だな？」

イズディハールが続けて秋成について言及する。

ジュール以外の、後方に並んだ面々の間に、好奇と緊張が綯（な）い交ぜになったような、落ち着かない空気が漂う。皆、二年前に起きた事を知っており、ザヴィアではいまだ嫌疑の晴れていない秋成を、シャティーラの王子が親友として遇していることに納得のいかなさを感じ、どう接すればいいのか戸惑っている様子だ。ジュールだけは、職務上ユーセフと近しく、他の者以上に秋成の話を聞いているからか、違う見方をしているようだ。

「はい。ユーセフ首相からもお立場は伺っております」

　ジュールは屈託なく受け答えし、秋成と顔を見合わせ、柔らかく微笑む。何も問題はありません、と安堵させてくれるような、優しい表情だった。ホッとすると同時に、曇りのない目で秋成自身を見ようとする人物が、ザヴィアにも少なからずいることをありがたく思う。

「現在はシャティーラ国籍を取得されているという認識でよろしいでしょうか」

「その通りだ」

　秋成に代わってイズディハールが答える。

　ジュールは得心した顔で頷いた。

　用意されていた黒塗りの車に案内される。

　一台にイズディハールと秋成が、もう一台にドハ少尉たちが乗る。秋成たちのほうの助手席にはジュールが座った。

「ユーセフ首相はご私邸でお待ちです。ここから車で四十分ほどかかります」

　先にドハ少尉らが乗った車が走り出し、後に続く形で秋成たちも出発する。さらに後ろに護衛の車がつく。

　空港を出るとすぐにハイウェイに入り、整備された道路を走る。ほとんど揺れも振動も感じず、快適な乗り心地だ。

　こちらから話し掛けない限り、ジュールのほうから気安く口を利いてくることはなく、道中車内は静かだった。

ハイウェイから一般道に戻って、街中の様子を車窓から見る。平常と変わらない光景が広がっており、テロの影響は市民の間には波及していなそうだ。

「一昨日の事件、まだ犯人が捕まっていないことが気がかりですね」

「そうだな。犯行声明も結局出ていないようだ。その後捜査が進んでいることを願おう」

車列はネルバ郊外に向かい、やがてこぢんまりした館に着いた。

門をくぐってフロントヤードのアプローチを回り、庇のついた玄関前で停車する。

趣のある古い住居で、一国の元首の私邸にしては控えめな物件という感が否めないが、ユーセフの人柄を知っていれば、いかにも彼らしい選択だと思えた。

「いい屋敷だ」

イズディハールも満足そうに口元を綻ばせていた。

頑丈そうな玄関扉が開き、金髪に青い目をしたスーツ姿の男性が出てくる。

「アレクシス」

「ようこそ、殿下。このたびは心配をお掛けして申し訳ない。お恥ずかしい体たらくだ」

「いや。無事でなによりだ。元気な姿を見てまずは安堵した。怪我をした護衛官も命に別状ないと聞いた。よかった」

「ありがとう」

二人はお互いをハグし、背中を親しみを込めて叩き合う。

人目に触れても重要人物だと特定されにくくするため、あえてノーネクタイのラフなジャケット姿で来たイズディハールと、これまでずっと軍服姿を見てきたユーセフが政治家らしいスーツを着用して向き合っている光景は、こんな状況でなければ気心の知れた友人同士の再会という感じだ。

「彼も連れてきた」

イズディハールが秋成を手招きする。

秋成は軍人らしい足取りで歩み寄ると、差し出されたユーセフの手を握った。

「私の入国も許可してくださって、ありがとうございます」

「礼には及ばない。当然のことだ。ご祖父母が心配だろう。ローウェルご夫妻は旧体制派にも新体制派にも与さない中立の立場を取られている。基本的に、時の政権に任せるお考えのようだ。我々とも敵対はされていない。逆にそれが旧体制派には裏切り行為だと思われている可能性はある。旧貴族の中でもローウェル家は一、二を争う名門だからね」

「はい。明日にでもお伺いしたいと思っています。……お許しをいただけたら、ですが」

「わざわざ様子を見にきた孫を門前払いされる方々ではないと思うよ」

ユーセフの言葉には、単なる気休めとは感じさせない真摯さと温かみがあり、おおいに勇気づけられた。

「さぁ。玄関先で立ち話もなんだ。居間で再会を祝そう」

ユーセフは快活に言い、傍に控えていたジュールにも「きみも来い」と声を掛ける。

イズディハールの指示で、ドハ少尉と二人の部下は、ザヴィア軍の護衛官たちと協力して警備にあたることになった。

「この館は元々母が住んでいたところです。一昨年病で亡くなって、私が受け継いだ。小さくて慎ましい屋敷だが、手芸と園芸が趣味で芸術方面にも造詣が深かった母の在り方があちらこちらに感じ取れて、私にとってはどこより落ち着く場所です」

先に立って、皆を居間に案内しながら、ユーセフは感慨深そうに話す。

ユーセフの家も元貴族だ。祖先には王政時代に政府の重職に就いていた人物を何名も輩出しており、格の高い家柄だった。当代はユーセフとは母親違いの弟で、この人物のことは秋成はよく知らない。特別有能だという話は聞かないので、おそらく、ごく普通の当主なのだろう。

以前秋成は、ユーセフから、私たちは境遇的に似たところがあるかもしれない、と言われたことがある。一人娘だった母が、日本人の音楽家だった父と駆け落ちして生まれた唯一の孫である秋成を、祖父母は一度は家督を継がせるために引き取りながら、結局異国の血が混ざっていることを許しきれず、又従兄弟のワシルを養子に迎えて後継にした。ユーセフの場合は、愛人だった母親との間にできた息子を、正妻に子供がなかなかできなかったことを理由に認知して、後継として本家で厳しく教育しておきながら、十年後に正妻が長男を産んだため手のひらを返されたのだと言う。口さがない世間の噂話だが、ユーセフは悠然と微笑みつつ、おおむね間違ってはいない、と遺恨などなさそうに肯定した。

「いいお屋敷だと、さっき秋成と話していた。壁紙やカーテン、家具類、どこを見ても趣味がいい。主の教養の高さと、物を大切に扱う人柄がしのばれる。ここに滞在させてもらえるとは光栄だ」

「殿下にそんなふうに言っていただき、こちらこそ過分な栄誉です」

中庭に面した居間は特に居心地のいい部屋だった。広すぎず、重厚すぎずで、調度品の一つ一つを愛着を持って選んだのであろうことが伝わってくる。花柄の布で張られた揃いのソファや、優しい色合いのラグ、猫足のティーテーブルなど、女性らしさを感じる要素が多めだ。

「きみも、ここを好きだと言ってくれたな、ジュール」

ユーセフに話を振られ、ドアの脇に遠慮がちに佇んでいたジュールがハッとした様子でこちらを見る。後ろで一括りにした髪が肩から胸元に束で滑り落ちてきて、軍服にさらさらと掛かる。それを無意識のように背中に戻す指遣いが美しく、秋成はほうと目を細めた。しぐさが上品で、どことなく艶がある。

「はい」

シャティーラの王子という賓客を前に、自分などが対等に話すのは畏れ多いと、恐縮しているようだ。

ふっ、とイズディハールは鷹揚な笑みを返す。

「ここにいる間は、俺はユーセフ首相の個人的な友人だ。遠慮せず、無礼講で話に加わってくれ。ちなみに、秋成とは面識はあるのか？」

「いえ、直接お目に掛かるのは、今回が初めてです」

「たぶん私よりお若いですよね。入隊されたのはいつですか」

秋成も会話に加わる。空港で顔を合わせたときから、もう何度も目が合っている。お互い気にし合っているのは間違いない。せっかくイズディハールが間を取り持とうとしてくれているので、自分からも踏み出した。

「四年前です。秋成さんの一年下になります」

ジュールは秋成を見て眩しげに目を眇め、長い睫毛を瞬かせる。

「お会いするのは初めてですが、私のほうは以前からローウェル大尉……あ、元大尉のことは存じ上げていました」

「シャティーラでの事件を抜きにしても、秋成は有名だったからな。軍にいて知らない者はおそらくいなかっただろう」

ユーセフも愉快そうな口調で割って入る。

いや、そんなことは、と否定しようとしたが、先にジュールが「はい」と力強く頷いたので言葉にし損ねた。

「私は陸軍の通常部隊に配属されましたので、近衛部隊にいらっしゃった秋成さんと接する機会はありませんでした。お噂はかねがね聞き及んでいましたが、……なんと申し上げたらよいのか……あまりにお綺麗で、先ほどから実は緊張しています」

　はにかみながらも、言わずにはいられなかったという表情をしていて、正直な人なのだなと思った。もちろん、褒めてもらって、嫌な気持ちはしない。ただ、ちょっと照れくさい。どう反応すればいいのかわからず、俯きがちになってやり過ごす。秋成からすれば、ジュールのほうがよほど綺麗で、所作が美しく凛然としていて、魅力的に映る。中性的な印象を受けるところは、似ているかもしれない。

「優秀な少尉だ。ぜひ私の特任秘書官になってもらえないかと口説いた。きみには振られてしまったからな」

「私はもうシャティーラの人間ですから。もったいないお誘いすぎて、お断りするのは胸が痛みましたが」

「そうだな。ザヴィアはあなたに不当な仕打ちをして、まだ正式に謝罪してもいない。シャティーラに身を寄せられたのは当然のことだ。我が国にとっては大変な損失だが、自業自得というものだな」

「悪いが、秋成は返せないぞ、アレクシス」

　イズディハールが釘を刺す。

「わかっていますとも。ああ、コーヒーが来た。私はまだ執務中で、この後、官邸に戻らなくてはならない。アルコールは夜にしよう」

「相変わらず忙しそうだな。我々の出迎えにまで時間を割かせてしまって申し訳ない」

「多忙なのはそちらもでしょう。わざわざ会いに来てくれた殿下たちを人任せにするほど私は恩知らずではありません」

黒服を着た執事と思しき中老の男性がサーヴしてくれたコーヒーをいただく。

熱くて苦味と酸味のバランスが取れたコーヒーは、ユーセフのこだわりのブレンドとのことで、ローウェル邸を革命軍が作戦本部にしていたときに飲ませてもらったものと同じ味がする。あのときのことが頭を過り、祖父母は今どうしているだろうと思いを馳せた。明日、会って近況を知れたら、ざわつく心もひとまず落ち着くだろう。会ってくれますようにと祈る。

「今回の爆弾テロと関係があるかどうかは調査中だが、旧体制支持者の中には、いわゆる闇社会と通じている者もいると認識している。誰がどういう組織と繋がっているのかまでは把握しきれておらず、今も警察が解明に努めている最中だ」

ユーセフは難しい顔をする。

「認めたくはないが、軍部の中にも、それも相当上の階級の幹部の中に、そうした疑いのある者がいることは、二年前シャティーラで起きた事件を考察すれば明らかだ」

「それについては、もしかすると、祖父母も何か知っているかもしれません」

ずっと恐れて、考えまいとしていたことがある。できることなら、そんな邪推はしたくないが、頭の片隅に張り付いた疑惑があり、今それが無視できない大きさになりつつあった。

「きみは、ご祖父母が、後継者候補から外した孫を厄介払いするために、軍部と結託してきみを陥れたという説を真に受けているのか」

イズディハールが秋成の心境を慮るような心配げな眼差しを向けてくる。

「確かに、その可能性は私も考えはした」

ユーセフは慎重に口にする。

「タイミングが、そうした疑惑を生んだということもあるかと」

ジュールも控えめに言う。

誰もこの疑惑をはっきりとは否定しない。事実関係が明確になっておらず、根拠も証拠もなく、否定しようにも材料がないため、いまだあやふやなまま疑惑だけが残っている、そんな感じだ。

「確かに、ワシル・フリストの養子縁組が社交界にお披露目された直後のフィエロン外相護衛任務だったからな。副官をはじめメンバーはこのための特別編成で、指揮官のきみを孤立させる意図が透けて見えた。ローウェル家の威光は軍部にも及んでいる。シャティーラで何が起きるか承知の上で、ローウェル家側はきみを……嫌な言い方だが、スケープゴートに差し出したと考えるのも、まんざら荒唐無稽な話ではないな」

「祖父母にも調査段階で話を聞かれたのでしょうか」

秋成は冷静さを保ち、ユーセフに尋ねた。調査を担当したのがユーセフだとは思わないが、情報通なので何か知っているかもしれないと期待した。

「きみが容疑者だったので当然ご祖父母も事情聴取はされたが、関知していない、以外の返事はなかったようだ。なにせ軍部のトップにも顔が利く方々なので、そうなると誰もおいそれとは粘れず、まさに形だけの聴取で終わったのだろうな」

「本当に何もご存じなかったのかもしれません」

ジュールが口を挟む。

「そう願いたいところだ」

イズディハールはジュールと顔を見合わせ、感謝の籠もった柔らかな表情で微笑む。秋成が傷つかない言い方をしてくれてありがとう、とジュールに伝えたかったのだろう。優しい人だと、秋成もジュールに対してさらに好印象を深めた。

「明日、もしお会いできたら、できるだけ多くのことを話してこようと思っています。せっかくの機会ですから。この先、そうそう気安くお目にかかれるわけではありませんし。勘当されている身なので当然ですが。二年前のことも、今なら、もしかすると何かご存じのことがあれば話していただけるかもしれません」

「精神的に負担を背負いすぎないようにしろ。きみはときどき、こちらがヤキモキするような無茶をする」

「は、はい」

イズディハールに牽制するようにきつい目で睨み据えられ、たじろぐ。

「殿下にここまで言わせるとは、きみはやはり大したものだ」

ユーセフには冷やかされ、ジュールがそっと含み笑いをするのが目の隅に入り、いささかバツが悪かった。

「なんなら、明日はご祖父母のところに泊まってきてもかまわない」

あらためてイズディハールに言われ、秋成は「ありがとうございます」と返事をする。

「そうなれば私も嬉しいです」

祖父母との関係性は、前回の別れ際に少しだけよくなった感触を受けたが、あれから二ヶ月経っているので、またそれ以前の感情がぶり返していないとも限らない。期待しすぎないよう自制した。

「きみも革命のときアレクシスに賛同した軍人の一人なのか？」

イズディハールがジュールに話の矛先を向ける。

もしかして、あのときローウェル邸にジュールもいたのだろうか。秋成が気づかなかっただけで、いたかもしれない。俄然、秋成も興味が湧いた。

「いいえ。私は臆病者で、ユーセフ元大佐が蜂起されたときは行動を共にする決心がつけられず、何もしなかった側の人間です」

そのときの己を恥じる言い方をしながらも卑屈さはなく、弁明せずに事実をそのまま認める潔さが、いっそ清々しい。そういう人だから、ユーセフも目に留め、好感を持ったのだろう。

軍服で背筋をすっと伸ばした姿は凛としていて、こちらの気持ちまで引き締まる。

「ジュールは陸軍少将のお付きだった関係で、特に革命側に参画するのは難しかったのではないかな。私は以前から少将の側にいるジュールを見ていて、とてもよく気がつくし、頭の回転の速い優秀な軍人だと思っていた。それで、革命が成功して軍部の人事に大鉈を振るった際、スカウトした」

「なるほど。お気に入りだな、アレクシス」

「期待以上の働きを見せてくれている」

「……ありがとうございます」

ジュールの白い頬が仄かに色づく。

本人も自覚しているのか、ごまかすように腕に嵌めた時計を見た。

「ご歓談中のところ申し訳ありませんが、そろそろ官邸に向かうお時間です」

「ああ。では、殿下、秋成、また後ほど」

「お気をつけて」

立ち上がってユーセフとジュールを見送る。

「我々は部屋でしばらく休ませていただくとしよう」

はい、と秋成は頷いた。

＊

秋成に用意された部屋には、ベッドとチェスト、安楽椅子、コーヒーテーブルが置かれており、壁の一部が造り付けのクローゼットになっていた。程よい広さで、ほっと一息つける。居間と同様に居心地のいい部屋だった。

スーツケースに詰めてきた衣類と日用品を手際よく整理し、開けておいた窓から外の景色を眺めていると、ドアをノックする音がした。

イズディハールが顔を覗かせる。

「荷解きは終わったのか。さすが元軍人、慣れているな」

「はい。あなたのほうはいかがですか。手伝いましょうか」

普段は侍従が同行し、そうした細々したことは彼らに任せることが多いので、苦手かと思いきや、イズディハールはニッと唇の端を上げ、茶目っ気たっぷりに得意顔をする。

「俺もすんだ。留学先ではハミードと二人暮らしで、家事も一通りこなしていた。侍従がいなくてもお手のものだ」

「そうでしたね」

秋成もふわりと微笑み返す。

人一倍努力家で向上心のあるイズディハールは、どんなことにも手を抜かず、できないことがあればできるまでやる意志の強さを持っている。

「負けず嫌いなんだ、俺も」

ハミードはいかにもそれとわかるが、一卵性双生児の片割れであるイズディハールも、あからさまにしないだけで気質は似ているのだと言う。

「で、ご祖父母には連絡したのか？」

イズディハールはすっと真面目な表情になる。

「これからです」

そうか、とイズディハールは頷き、秋成をじっと見る。

「俺が傍にいたほうがよければこのままここにいるが、話しづらいなら部屋で待っている。終わったら隣に来てくれ」

イズディハールらしい気の遣い方だ。思いやりと愛情を感じて胸が熱くなる。

祖父母と話すのは秋成にとっていまだに気軽なことではない。毎度気持ちを奮い立たせ、どんなあしらい方をされても平静を装う胆力が必要だ。それをイズディハールに見守られてやり遂げるのは難しい。イズディハールと一緒のときは取り繕わない素のままの自分を晒(さら)しているので、そうでない自分を見せるのは気恥ずかしかった。

「後ほど伺います」

「わかった。急がなくていいからな」

イズディハールがドアを閉めて出て行ったあと、秋成は一つ深呼吸をした。

心の準備をして、携帯電話を手にする。

ローウェル家の固定電話にかけると、まず執事が応答した。エリスです、と名乗るとすぐに祖父に回してくれる。一昨日も取り次いでもらっていたためか、今回はまったく動じていなかった。

祖父にも、もしかすると、また秋成が連絡してくる予感があったのかもしれない。相変わらず不機嫌そうで、冷ややかではあったものの、ザヴィアに来ていると告げても驚いた様子はなく、酔狂なやつめと皮肉られただけだった。

僅か二、三分で通話を終え、イズディハールの部屋に行く。

「早かったな」

さすがにイズディハールも予想外だったらしく、眉根を寄せて難しい顔をする。祖父母から訪問を断られ、即刻電話を切られたのかと考えても無理はない。

「明日、昼食の時間に訪ねることになりました」

そう知らせると、杞憂だったかと安堵したように表情を晴らした。

「ひとまず、よかったな。お茶ではなく昼食にというのは悪くないと思う」

「私も同じように思いました。ぶっきらぼうではありましたが、拒絶はされていない感じで、なによりそれが嬉しかったです。電話では用件だけでしたので、明日、実際に現状を確かめてきます。声を聞く限り、お変わりない様子でした」

「そろそろお互い腹を割って話せたらいいな。だが、無理はするな。俺にとっては、きみが傷つかないことがなにより大事だ。それが本音だ」

イズディハールは秋成の手を引き、ソファに寄り添って腰掛ける。

こちらは貴賓室のようで、隣室の倍近い広さがある。寝室と居間が一部屋にまとめられた感じで、天蓋付きのベッドはダブルサイズだった。

「今夜きみをここに呼ぶのは不謹慎だろうか」

「……私は、嬉しいです」

いっきに甘やかな雰囲気になって、秋成はそっと睫毛を伏せた。

イズディハールの腕が回されてきて肩を抱かれる。

体が触れ合い、鼓動と温もり(ぬく)を感じて気持ちが昂揚(こうよう)する。

ゆったりとした開襟シャツ一枚に着替えたイズディハールの胸に顔を近づけると、体温で香りが強まったトワレがふわりと鼻腔(びこう)をくすぐり、夜の行為が脳裏に浮かぶ。イズディハールはこの香りをシリーズで愛用しており、髪からも体からもこの匂いがする。閨(ねや)で抱かれるときの法悦の記憶とも結びつき、昼間から淫らな気持ちになりかける。

イズディハールも秋成と密着させた体のせいで性感を刺激されたのか、艶めかしい欲求を抑えきれなくなったように唇を塞いできた。

口を強く吸われ、ジンと下腹部に淫らな疼きが生まれる。

思わず喘ぎそうになり、唇を薄く開く。

その隙間をこじ開けて濡れた舌が差し入れられてきた。

尖らせた先端で敏感な口蓋をくすぐられ、ゾクゾクする感触にあえかな声が出る。

緩めた顎に指を掛けて擡げられて、背凭れに頭を預ける。体はイズディハールに強く抱きしめられていた。

口腔を舐め、弄られるうちに、秋成もどんどん熱くなっていく。

自分からも舌を動かし、互いに絡ませ合って応えた。

鼻にかかった喘ぎ声が漏れ、吐息と混ざり合う。

濃厚なキスを続けながら、イズディハールにシャツのリボンタイを解かれて、胸板に手を差し入れられていた。

申し訳ないほど平らな胸をイズディハールの手のひらが這い、キスに感じて凝ってきていた両胸の粒を撫で、摘まむ。
ン、ンッ、と艶っぽい声を出し、身を捩る。
弱みの一つである乳首を指で擦り潰すように揉みしだかれると、脳髄を稲妻が直撃するような強い刺激が走り、じっとしていられない。下腹部にも猥りがわしい変化が起き、芯を作りだした陰茎だけでなく、秘裂が濡れてくるのまでわかって、恥ずかしさに狼狽えてしまう。

「昼間から不埒なことをしてすまない」

イズディハールは詫びながらも手の動きは止めず、宥めるように秋成の頬や額、頸に唇を落としていく。呼吸が乱れ、わななく口も愛情深く啄まれた。

身動ぎした際に、開かれていたシャツがずれ、片側の肩が露わになる。

充血して膨らみ、物欲しげに突き出た乳首も晒され、あっ、と身を縮めてイズディハールの視線を避けようとした。

だが、それより先に、顔を伏せてきたイズディハールに口に含まれる。

吸いつかれ、ビクンッと腰が跳ねる。舌をひらめかせてチロチロと舐めたり弾かれたりすると、こらえきれない淫猥な感覚に襲われ、はしたない声をいくつも上げた。

悦楽を受けてしっとりと汗ばみだした体のあちこちに手と指と唇を辿らせ、止まらなくなった愛撫はスラックスの中にも及んだ。

ウエストのボタンを外され、手が下着の中まで入ってくる。

「……っ、あ」

すでに硬くなり、張り詰めていた陰茎を摑まれ、悲鳴のような声が出た。

性感の塊のようなそこを手にすっぽりと包み込まれて揉まれ、上下にゆっくり扱かれる。

気持ちよさに嬌声が迸り、ビクビクと体が引き攣るように反応する。

秋成をいたたまれない心地にするのは、そうして受けた悦楽が、陰茎の下の切れ込みの奥まで疼かせ、体の奥から漏れてくるぬめりが秘所を濡らすことだ。

以前はここまでではなかったはずだが、イズディハールと結婚し、時間が許す限り昼夜問わず求められ、愛され尽くすうちに、体が反応しやすいように作り替えられたようだ。

熱く泥濘んだ谷間に、長い指がつぷと潜り込んでくる。

あっ、と秋成は上擦った声を発し、顎を仰け反らせて身を震わせた。

「向こうに行こうか」

途中まで差し入れた指を抜き、色香に満ちた声を耳元で聞かされる。ゾクゾクして痺れるような声音に、耳朶まで火照りだす。

官能を揺さぶられてぼうっとしているうちに、イズディハールに横抱きにされていた。

着痩せして見えるが筋肉に覆われた力強い腕に抱えられ、危なげなくベッドに下ろされる。

シーツの上に横たわり、傍でイズディハールが手早く服を脱ぐのを仰ぎ見る。

綺麗に胸筋がついた胸板に、引き締まった腹部、腰の位置の高さ。何を着てもスタイルのよさに目を奪われる体躯は、脱ぐとさらに感嘆する。

ギシ、とスプリングを僅かに軋ませ、イズディハールがベッドに上がってくる。

自分で脱ぎ捨ててしまうのを躊躇っていたシャツを優しく剝ぎ取られ、スラックスも下着ごと下ろされる。

お互い全裸になったところで、イズディハールが秋成の体に覆い被さってきた。

敷き込まれ、肌と肌が密着する。

愛する人の体温と匂いに包まれ、身も心も満たされる。

安堵と嬉しさのあまり、ほうっと息を洩らす。

両腕をイズディハールの背中に回し、ぎゅっと抱きついた。

今回は対外的には殿下の友人として振る舞っているが、二人でいるときは、この人は自分の大切な伴侶だ。

ひとかけらの迷いも遠慮もなく、堂々とそう思えた。

4

を開けた。

「では、行ってきます」

ローウェル邸の少し手前で車を停めてもらって、秋成はシートベルトを外し、助手席のドア

「帰りも迎えが必要なら来る。遠慮せずに電話しろ」

ユーセフが個人で所有する車を借り、自らハンドルを握って祖父母宅の近くまで送ってくれたイズディハールが、濃いサングラスをかけた顔を向けてくる。洋装の普段着姿で目元を隠していれば、シャティーラのイズディハール王子だとは気づかれる心配はまずなさそうだ。

スーツにネクタイという訪問用の出で立ちで車を降りた秋成は、はい、と頷いた。

なにからなにまで甘えっぱなしで恐縮するが、イズディハールが近くで見守ってくれていると心強い。辛いことや困難なことに遭遇してもへこたれずにいられそうで、ありがたかった。

門扉を潜り、車道になったアプローチを歩いて玄関に向かう。

「ようこそおいでくださいました」

ローウェル家に長く勤めている執事が、ポーチで出迎えてくれる。

慇懃だが、愛想がなくて表情は固く、近寄りがたい雰囲気で、十代の頃は怖く感じて萎縮していたが、今は、職務に真摯で忠義な、信頼できる人だと思っている。クーデターのときにも動じることなく粛々と日々の仕事をこなしていたとユーセフが言っていた。

重厚な両開きの扉を開けて中に招き入れられる。

邸内はすっかり元通りになっており、一階が作戦本部として占拠されていた痕跡はどこにも見当たらない。広々とした玄関ホールは整然としていて、優雅な手摺りの大階段と、豪奢なクリスタルのシャンデリアの存在感が際立つ。初めて連れてこられたとき、ここに祖父母が住んでいるのかと驚き、雰囲気に呑まれて腰が引けたのを思い出す。

祖父母は二階の居間にいた。

「エリス様がおみえになりました」

執事に案内され、部屋に入る。

祖父は安楽椅子に座ってパイプの手入れを、祖母は出窓のソファでレース編みをしていた。

秋成が部屋の中ほどまで行っても、二人とも顔を上げてこちらを見ようともせず、手を動かし続ける。こうした態度を取られるのは今に始まったことではなく、むしろ変わりのなさに安堵した。見た感じも、先々月最後に会ったときと同じくらい元気そうだ。

「いつまで立ったままでいるつもり？　目障りよ。あちらのソファにお掛けなさい」

それほど長く突っ立っていたわけではなかったが、祖母はだいたいこういう言い方をする。

秋成に対して口を開くときは、一言嫌味を言うのが祖母の中で常態化しているようだ。そう思えばいいと気づいてからは、あまり傷つかなくなった。気の持ちようで受け止め方も変わる。

祖父が座る安楽椅子の傍のソファを指し示されたので、そちらに腰を下ろす。

「会ってくださって、ありがとうございます」

話は祖父としなさいと、暗に祖母に言われたのだと理解して、祖父に話し掛けた。祖母は黙々とレース編みを続けている。

祖父はしばらく無言で、吸い口を外したパイプの煙道をモールクリーナーで掃除していたが、やがてパイプを元通りに繋ぐと、フッと溜息を洩らし、ようやく秋成の顔を見た。

「もうここには来ないはずではなかったのか」

七十を過ぎても威厳のある声で、こちらの気も引き締まる。元より真っ直ぐにしていた背筋をさらに伸ばしていた。

「申し訳ありません。ユーセフ首相が爆弾テロに遭ったと聞いて、知らない仲ではないので居ても立ってもいられなくなりました。まだ政情が落ち着いていないことは想像に難くなかったのですが、過激な手段に訴えるケースが増えた気がして。次に何が起こるかわからない状況のようなのが心配です」

ひとたび話をしだすと、徐々に緊張が解れてきた。

祖父が秋成の言葉を遮らず、少なくとも聞く耳は持ってくれているのがわかり、会話ができそうな感触を得られたことがありがたかった。

「狙われたのはあの男だけだ。我々は関係ない」

不機嫌そうに突っ撥ねられ、迷惑千万だと言わんばかりに苦々しい顔をされたが、秋成は「はい」と受け止めておいて、引き下がらなかった。

「ワシルがお二人と一緒なら心強いのですが、今ここにはいないようだと聞きました」

「あいつは怠け癖がついていて、このままではとうていこの家を任せられんから、旧知の友人に一年預けることにした。昔、上級士官学校の校長をしていた男で、今は田舎で農園の管理をしながら、週に一度地元の小学生に学外授業をしているらしい。そこにワシルを手伝いにやった。それで少しは性根を叩き直せたらいいが、また逃げ出すようなら、今度こそ養子縁組は解消すると言ってある」

「そういうことでしたか」

「どのみち、この先我々のような旧家がどこまで存続するかはわからん。少なくともこれまでと同じ感覚ではやっていけんだろう。それを継げと言うのも酷な話だ。あいつを養子に取った時点ではこんなふうに情勢が変わるとは思ってなかった。確かに、我々は驕りすぎていたのかもしれんな」

「他の方々も、そのような考えの方が多いのでしょうか？」

祖父はいわば上流社会を代表するような存在、大物だ。祖父の考えや意向が蔑ろにされることはなく、常に顔色を窺われ、重鎮として立てられてきた。上流社会の動向はたいてい祖父の耳に入ると考えてよかった。旧体制が崩壊した今、上流社会も一枚岩ではなくなり、それぞれの家の事情や立場、思想の違いが出てきているようだ。中には先日のテロを歓迎している者もいるかもしれない。祖父ならば何か知っているのではないかと思い、ダメ元で聞いてみた。

「知らん」

返ってきたのは、にべもない一言だ。

鋭い眼光で睨めつけられ、心臓に冷たいものを押し当てられたように身が竦む。

「おまえは、あの男のスパイか。儂から情報を引き出してこいと命じられて来たのか」

「いえ、私は誰からも何も頼まれていませんし、命令されてもいません」

ユーセフが誤解されることだけは避けなくてはと、きっぱり否定する。事実、ユーセフは秋成を利用しようなどとはかけらも考えておらず、今日の訪問も、孫が祖父母を案じての、純粋な情によるものだとわかってくれていた。

「もうこの国の人間でもないのに堂々と行ったり来たりとは、えらく立派な身分を得たようだな。おまえの結婚相手は、よほど権力を持っているとみえる。王室の女性でも誑し込んだか」

祖父の口から結婚相手の話が出た途端、レース編みをしていた祖母の手がピタッと止まる。ずっと、秋成がどんな相手と結婚したのか気になっていたのだろう。だが、祖父が「自分たちには関係ないことだ」と深入りを許さなかったので引き下がらざるを得ず、今も知りたい気持ちと闘っているのが察せられた。

「今回の渡航はユーセフ首相のご厚意です。ユーセフ首相とシャティーラのとある貴人の間に親交がありまして、私はその方の護衛という立場でザヴィアに来ました」

秋成はできる限り誠実に事情を説明する。嘘はついていない。その自負が、確固とした語調や揺るぎのない眼差しに出ていたのか、祖父もいくらか態度を和らげた。こちらの言うことを鵜呑みにしたわけではなさそうだが、疑いの一部は晴らせたようだ。

祖父との間の張り詰めた空気感が緩むと、それまで二人のやり取りを静観していた祖母が、おもむろに口を開く。

「あちらでは王室の方々があなたの身分を保証している、という噂を聞いたわ。つまり、あなたがここにいる経緯については、詮索すべきではないってことなんでしょう」

「わかっておるわ」

祖父が癇癪を起こしたように言う。こんなふうに祖母にもときどき居丈高に振る舞うが、祖母は祖母で気が強く、夫に黙って従うだけのおとなしい人ではない。元々は家同士が決めた政略結婚だったらしいが、互いを認め合った似合いの夫婦だと感じる。

「私は縁あって親しくなった方と、十年以上も養育していただいた恩あるお二人のご無事を確かめたくて来ただけです。この国の政治問題に関わる気はありません。誓います」

またユーセフが狙われたり、市民の安全が脅かされる事態が起きようとしているなら、人としてテロは認めないという信念から、できることがあればするつもりだが、それ以上踏み込む気はない。イズディハールもハミードも同じ考えだ。三人で出立前に確かめ合った。

「どちらの味方でもないということか」

「はい。テロという手段を用いることに反発しています。シャティーラで私が巻き込まれたのもそれでしたので、他人事(ひとごと)ではないと感じました」

「……フン」

祖父は鼻を鳴らして腕組みすると、皺(しわ)の寄った瞼(まぶた)を固く閉じた。

シャティーラでのテロの話は、祖父にとって鬼門のようだ。話の流れから口にしてしまったが、秋成もこれまで持ち出すのは控えていた。今、二年越しに、ようやく少し関係を修復しかけている。ここであの一件をぶり返せば、またぎくしゃくした状態に戻りそうで、当時のことをはっきり聞くのが怖かった。祖父母の態度を見ていると、本当は秋成は何もしておらず、罪を着せられただけだということを二人とも承知しているように思え、それならばもう過去は過去として受け流し、真実をぼかしたまま、遠くから祖父母を気にかけるくらいで、秋成自身はいいと思おうとしていた。真実を求めることは二人の仕打ちを責めることになりそうで、それは秋成の望むところではなかったからだ。

「おまえは、あのときのことは、何も聞かないな」

長めの沈黙のあと、祖父が苦いものを吐き出すように言う。

「あなた」

「黙っていろ」

咎めるような祖母の呼び掛けを一蹴し、目を開けてギロッと瞳を動かす。

祖母はムッとした顔をしたが、この場は祖父に逆らわず、再びかぎ針を動かしだす。

「聞かなくていいのか」

重ねて問われ、胸の内で逡巡する。

今なら話してくれそうな雰囲気だが、心の準備ができておらず、躊躇う。

「一つだけお伺いしてもいいですか」

迷った末に切り出した。

なんだ、という目で先を促される。

あのとき軍部と結託していたのか。秋成が邪魔で厄介払いしたかったのか。具体的に確かめたいことはいろいろあったが、一つに絞るとすれば、これしかない。

「私の無実を信じてくださいますか」

またもや沈黙が降りる。

今度は感覚的に先ほどの倍くらい長く続いた気がした。

やっぱりお答えいただかなくて結構です、と取り消しの言葉が喉まで出かける。

「信じるも信じないもない」

突き放すような返事に、どう受け止めればいいのか戸惑っていると、祖父は続けて言った。

「薄々わかっていた」

聞き間違いようもなく、はっきりと耳朶を打った言葉を、秋成は噛み締める。

「あの。……ありがとうございます」

すぐには、それしか出てこなかった。

「礼を言われる筋合いはない」

祖父は冷たく応じ、気まずさを押し殺すかのごとく顔を顰め、そっぽを向く。

これで十分だ。これ以上は掘り返さなくていい。心の底からそう思えた。

「首相が演説中に襲撃された件だが」

一つ咳払いをして、祖父が話を戻す。

「新首相の改革案が議会で成立すれば、うちのような旧貴族はこれまで通りの暮らしを保つのが難しくなる。昔から存在した闇社会の連中と結託して、過激なことをする者がいてもおかしくない。さっき言ったような考えをしている我々のほうが、少数派なのは否めない」

「やはり、そうですよね……」

祖父の話を聞きながら、まだまだ矍鑠としてはいるが、小さくなったな、皺が増えたなとあらためて感じる。歳を取れば当たり前のこととはいえ、せつない気持ちになる。当の本人は老いになど負ける気もなさそうだが、やはり、この広い館に祖母と二人だけというのは寂しくないのかと気を回してしまう。一年後にワシルが予定通り帰ってくればいいが、正直、彼を信じていいのかどうか、迷うところだ。

秋成の思いをよそに祖父は続ける。

「少なくとも我々は現政権と敵対するつもりはない。当然テロとも無関係だ。言えるのはそれだけだ」

「わかりました」

なんとなく事情は推察できた。

祖父は本当はだいたいの裏事情を承知しているのだろう。協力を求められて断ったとも考えられる。だとすれば、このまま口を噤(つぐ)んでいてもらったほうがいい。どこかに情報を漏らしたと知れたら、首謀者たちに報復されるかもしれない。

ユーセフのほうでもいろいろと調べているはずなので、ここで祖父から聞き出さなくても、テロの実行犯に関する情報は早晩集まるに違いなかった。

話が一段落したと見たのか、祖母がそっけない口調で聞いてくる。

「ところで、今日は護衛の仕事はどうなっているの？」

「私の他にも何名かいますので、一日お休みをいただいています」

「物々しいこと。大方、どなたがこっそりいらしているのか想像に難くないわね」

「どうか、内密にお願いいたします」

「当然です。私たちをなんだと思っているの。空気も読めないお喋りな老人ではないわ」

ピシャリと言われてしまったが、祖母が相変わらずなのが嬉しかった。歳を取っても、気丈さは昔通りだ。少々のことでは折れないだろうと思えて安心する。

「昼食後に急いで帰る必要がないなら、晩餐にも同席しなさい」

こちらの意向を聞くまでもなく高飛車に言われたが、秋成としても願ってもなかった。時間が許す限り傍にいたい気持ちが、何にも増して強まっている。毎回、会うたびに、これが最後かもしれないと己に言い聞かせているので、少しでも長くと思うのだ。

「おまえの部屋は、あいつらが撤収する際に、元通りにしていった。泊まっていきたければあそこを使え」

意外にも祖父のほうからもそんな言葉をもらう。

イズディハールの言う通りだ、と思った。

表面的には相変わらず冷たいあしらい方をされているが、少なくとも今は、祖父母は秋成を完全には切り捨てていないし、もしかすると僅かでも情は持ってくれている気がする。

それが察せられただけで、重石が取れたように清々しい心地になった。

「お言葉に甘えさせていただきます」

頭を下げた拍子に肩まで伸びた髪がさらさらと揺れる。

窓辺の方から、祖母が息を呑んだ気配がしてそちらに顔を向けると、目が合った。

「……ユリア」

祖母が微かに呟く。秋成ですらどうにか聞き取れるくらいだったので、祖父の耳に入ったとは思えないのだが、みるみる険しくなった表情から、聞こえなくても祖母が何を言ったかわかったらしい。さすがは長年連れ添った夫婦だ。もしくは、祖父も祖母と同じことを感じたからこそ、言わずとも察せられたのか。

「本当に、腹が立つほど似てきたな。あの親不孝な娘に」

秋成の考えは当たっていたようだ。

「いろいろお話しさせていただけたら嬉しいです。母のことも、日本でのことも」

思い切って言ってみる。

今日はまだたくさん時間がある。話題にするのはタブーという意識があって、一度もきちんと話したことがなかった。祖父母は意地からくる呪縛のようなものに雁字搦めにされていて、秋成は己の力のなさから逃げ腰になっていた。けれど、今なら一歩踏み出せそうだ。

祖父母は無言で顔を見合わせる。どちらの口からも反対する言葉は放たれない。

「皆様、ご昼食の準備が調いましてございます」

居間の扉をノックして、執事が知らせにきた。

＊

朝食後、祖父母に挨拶してローウェル邸を辞した。

「お帰り」

昨日車を降りたのと同じ場所にイズディハールが迎えにきていて、助手席に座るなり抱き寄せられて軽くキスされた。

「今回の訪問で、ご祖父母との間の蟠り（わだかま）りがだいぶ溶けたようだな」

イズディハールの黒い瞳に喜色が浮かんでいる。秋成の気持ちに寄り添い、一緒に胸を痛めたり心配したりしてくれていたのだとわかり、ありがたくて鼻の奥がツンとしてくる。

「昨日、泊まってくると連絡を受けた時点で、悪くない流れだとは思っていた。門を出てきたときの、きみのすっきりした表情を見てホッとした」

「時間をいただけたおかげです。ありがとうございます」

「ご祖父母の安否を確かめに行くのも目的の一つだ。気兼ねする必要はない」

秋成がシートベルトを締めたのを確認して、イズディハールは車を発進させる。

「せっかくだから、ちょっとドライブしないか。郊外の長閑（のどか）な風景が見たい。アレクシスからお勧めの場所を聞いてきた」

「はい。ぜひ」

十年以上ザヴィアに住んでいたとはいえ、ほとんどの月日を学校の寮や兵舎で過ごし、それらと祖父母の館をたまに行き来する以外、めったに出歩くこともなかったため、名所を観たいと頼まれても案内できるかどうか怪しかった。イズディハールはそれも承知で、ユーセフに聞いたり自分で調べたりしてきたようだ。

「ここから二時間ほどのところに、歴史建築保護区に指定されている美しい村があるそうだ。博物館や工芸館など見所もあって日帰りの観光先として人気らしい」

「そうなのですね。私、自分の国のことなのに何も知らなくて、お恥ずかしいです」

「おかげで俺がきみを初めてそこに連れていく栄誉を得られた」

イズディハールは小気味よさそうな笑みを浮かべる。濃いサングラスの奥の目を細めているのが想像されて、秋成もはにかみながら微笑み返す。

東に向かって延びる国道を走る。

首都ネルバを離れるにつれ自然味が増していき、山や木々の緑が深まっていく。畑の中に小さな教会が立っていたり、川岸に野花が群生していたりしていて、絵本のように可愛い風景に出会えた。

「よかったら、昨日のことを聞かせてくれないか」

イズディハールに言われる。もとより秋成も話すつもりでいたのだが、いざとなると、ぎこちなく訥々とした喋り方になってしまう。

「それほどたくさん話せたわけではないんです」

祖父母のほうから晩餐も一緒にしていけと言われ、昔の自室である懐かしい部屋に泊めてもらい、想像以上にゆっくりできたが、特に話が弾んだわけではない。ただ、向き合う時間はたくさんあった。元々の予定では昼食だけで帰るはずだったと考えると、予想外のことだ。

「ユーセフ首相のテロに関しては、祖父母が巻き込まれている様子はなかったので、とりあえず安堵しましたが、なんとなく全部は話してくださっていない感じでした。何かご存知なのかもしれません。もう少しお伺いできればよかったのですが、私では取りつく島がなく……」

「そこは気にしなくていい。ご祖父母から情報を得ようなどとは元より考えていない。アレクシスにはもう、テロを企てたグループの目星は付いているようだ。現在、証拠固め中だと言っていた。それより、シャティーラでのことを心配されてはいなかったか？」

「王室にご迷惑をかけているのではあるまいな、分を弁えるように、と釘を刺されました」

「迷惑どころか、今や我が王室にとってきみは不可欠な存在だ。いつかご祖父母にお目にかかることがあったら、俺が請け合おう」

「そんなことになれば、二人とも腰を抜かすかもしれません」

秋成は冗談めかして受け流したが、イズディハールは案外本気のようで、唇の端を軽く上げた横顔が、何か考えているふうだった。

「祖父母は、私の無実に関してはもう疑っていない感じでした。二年前、裏で何が起きていたのか、今となっては知らなくていい気持ちが強く、この話も中途半端にしたままです。真実を知れば傷つかずにすみそうにない気がして、怖いんです。祖父母も積極的に話してくれるわけではなくて。でも、祖父母は祖父母でずっと心に引っ掛かっていたんだなとわかりました」

「きみやアレクシスから聞く限り、俺には、ご祖父母は人を陥れるようなことをする方々には思えないのだが」

イズディハールが考え深げに言う。

「はい。二月に二年ぶりにお目にかかったときにも、そんな回りくどいことをする方たちではないのでは、とあらためて思いました。ワシルを養子に迎えて私が必要なくなったのだとしても、仮にもローウェル家の人間だった私を、国を欺き異国のテロ行為に加担した反逆者に仕立て上げるとは考えにくい気がします。何より大切にされている家名に、泥を塗る計画に乗るとは、やっぱり信じられません。それより、はっきりと私に、おまえはもう用済みだから好きに生きろ、ローウェルの名を捨てろと、おっしゃったと思います」

「それが本当のお気持ちならばな」

「正直、私にはわからないのです」

秋成は胸の内を吐露する。イズディハールの前でだけは、虚勢を張らずに弱い自分も情けない自分も見せていいと思える。以前は恥ずかしさが先に立ち、腑甲斐(ふがい)ない姿を晒(さら)せば幻滅されるのではないかと不安で、無理をすることが多かった。共に過ごす時間が長くなるにつれ、イズディハールはそんな人ではないと確信されてきて、今となっては、自分はイズディハールを見くびっていた、失礼だったと申し訳ない気持ちでいる。

「子供ながらに祖父母に疎まれているのは察していました。両親からは何も聞いていませんでしたが、ローウェル家の猛反対を押し切って駆け落ち結婚して日本に住んでいたことを、こちらに来て知りました。男だから引き取ったのだと、祖父にはっきり言われたこともあります。本当は、他に誰かいるなら私の顔など見たくもなかったのだと思います。幸いと言いますか、こちらではローウェル家のような家の子弟は中学から全寮制の学校に行くのが一般的なので、引き取られて早々に私も寄宿舎暮らしになりました。祖父母の許に帰るのは長い休暇のときだけで、私はいつもギリギリまで帰省を延ばしていたんです」

「卒業後の進路に上級士官学校を選んだのも、ご祖父母から離れて寮生活ができるからだったのだろう。なんとも胸が詰まる話だ」

都心部と比べると整備の頻度が落ちて、アスファルトにちょっとした陥没や亀裂が入ったところが見られだした道を、揺れの少ない巧みな運転で走り続けるイズディハールの頬が僅かに引き攣る。

自分のことのように痛みを感じさせてしまったようだ。イズディハールの情の深さに秋成の胸も疼く。

「私は……祖父母からいつか捨てられるだろうと、心のどこかで覚悟していました。代わりが見つかりさえすれば、すぐにでも。だから、少しでも早く独り立ちできるよう、軍人になろうと思ったんです。軍人になれば衣食住は基本的に国が保障してくれます。ローウェル家の名前のおかげで上級士官学校に入ることができただけでもありがたいと思っていて、祖父母がワシルを養子に迎えることにしたと人伝に聞いたときは、肩の荷が下りた心地でした。私には、祖父母も知らない大きな秘密があります。それがバレることが何より恐ろしかった。ずっと騙していたのかと糾弾されたら言い訳できなかったし、その後どうやって生きていけばいいかもわからず、バレた時点ですべて終わるのだと兢々としていました」

　名家の後継として引き取られた以上、男として結婚し、相手の女性との間に子供を設けなくてはならない。避けては通れない義務だ。それは無理だと祖父母に打ち明ける機会も勇気もなく、そもそも中学の頃は自分の体について無知すぎて、自分でもよくわかっていなかった。

「きみの予想通り、ご祖父母は遠縁の男を養子にしたわけだな。確かにその時点ではご祖父母ときみの関係はぎくしゃくしたものだったのだろう」

「はい。近衛部隊に配属されて軍人としての職務中心の生活になり、祖父母と顔を合わせることもほぼなくなりました。祖父母にも、私は一人で生きていきます、という覚悟が伝わったのかもしれません。それで私に匙を投げ、ワシルを迎えることにされたのではないかと。もしかすると、いえ、きっと、祖父母は私に激しくお怒りだったでしょう。恩知らずと罵倒されたとしても反論できません。ですから、シャティーラでテロ組織に協力した犯罪者だと言われたとき、祖父母が私を切り捨てたのは当然のことでした。さすがに私も、自分があんな容疑をかけられることになろうとは想像もしていなくて、当時は動揺して絶望的な気分になりましたが、勘当されたこと自体は自業自得です。祖父母があの事件を陰で糸引いていた人たちと手を組んで私に濡れ衣を着せ、厄介払いしようとしたとは思えません」

「そうだな。俺も、ご祖父母は起きた事態に対処しただけで、きみをスケープゴートにした連中とは無関係だろうと思う」

落ち着き払った声でイズディハールは同意する。

「端から見た口さがない者たちが、ローウェル家の養子縁組を邪推し、勝手なことを言っただけだろう。捏造した連中も同様で、あのタイミングならご祖父母もきみを庇わないと踏んだ上で白羽の矢を立てたのではないか」

「私、軍内部でも浮いていましたので、悲しいですが、そんなことがあっても不思議はない気がします。なぜかわかりませんが、私の持つ特異性を敏感に感じ取る人が少なからずいて、異端的な存在であるかのように遠巻きにされることがままあります。本能的に避けられる感じです。相手からすれば、虫が好かない、という感情のようなのですが」

「理由もなくきみを嫌い、目障りだから排除しようなどと考える、卑劣な下衆どもが幅を利かせていた場所から、きみを連れ出せて、本当によかった」

珍しくイズディハールが語気を荒くする。本気で怒っているようだ。

「テロは言語道断だが、きみと関わるきっかけをくれたという意味においては、あの事件も悪いことばかりではなかったと言っていい。きみにとっては不本意の極みだっただろうから、こんな言い方は傲慢かもしれないが」

「あなたは、最初からずっと高潔で、高貴な……雲の上の方でしたよ。私には、もったいなさすぎて、今でも畏れ多さに身が震えるほどです」

「秋成」

イズディハールの声に感極まった響きが混じる。

「運転中でなければ、抱きしめているところだ」

「……はい」

秋成も抱きしめられたい気持ちだったので、はにかんでしまった。

車は、青々とした牧草地を貫く田舎道を快適なスピードで進んでいた。

前方に山が横たわっている。その裾野の辺りに集落が広がっており、近づくにつれて、十九世紀頃の建造物と思しき雰囲気のある住居やレストラン、ホールや教会などが見て取れた。集落を縫うように小川が流れており、車道以外の場所には木製の橋が渡されている。ところどころに草の生えた石畳の道をのんびりと散策している観光客たちの姿もあった。

「見所が多そうな、二人で歩くのにうってつけの場所だな」

運よく空いていた駐車場に車を駐め、イズディハールと連れ立って目の前の博物館にまず足を向ける。

「普段なら手を繫ぐところだが、今回きみは俺の友人であると同時に側近という役どころだ。万一誰かに気づかれると面倒だから、ここは潔く諦めるべきだろうな？」

未練たっぷりに言うイズディハールは、こんなとき、秋成の伴侶であり、恋人以外の何者でもない。

愛(いと)おしさが腹の底から湧いてきて、胸がじわっと熱くなる。

「……きみは、凛々(りり)しく美しい将校然としているしな」

己に言い聞かせるように言葉を重ねる様が、いかにもただの一人の男、という感じで、人目も憚(はばか)らず抱きつきたくなった。

「帰ったら、あなたと私がしたいことをしましょう」

服を脱げばいつも通りですよ、と俯(うつむ)いて小声で言い添える。

確かに、とイズディハールが色香に満ちた相槌(あいづち)を打ち、さりげなく左手を一握りしてきた。

いつもは指輪をはめている薬指の付け根を撫(な)でられる。

それだけで体の芯に淫らな痺(しび)れが走り、あえかな声を洩らしかけた。

すでに結婚しているのに、ドキドキしてきて動悸(どうき)が鎮まらない。

イズディハールを愛している。

祖父母との関係も、祖国での立場も、まったく気にならないと言えば嘘になるが、今は味方になってくれる頼もしい人がいる。それだけで、もう十分だと思えるのも、また事実だった。

＊

歴史建築保護区の美しい村からユーセフの私邸に戻ったのは午後のお茶の時間近くだった。ユーセフは昨晩遅くまで首相官邸に詰めており、正午頃こちらにいったん帰宅したらしい。お疲れのところ恐縮だが、引き続きユーセフの許でお世話になるからには、ローウェル邸から戻ったことを一言知らせておくのが礼儀だろう。執事によると、ユーセフは書斎にいるという。執務が溜まっているときは、持ち出し可能な書類に自宅で目を通すことがままあるそうだ。

一階の北側に位置する書斎は、両開き扉の片方が開けたままにされており、廊下から室内が覗けた。

重厚すぎず、落ち着いた中に華やかさのあるアンティーク調の調度品と、壁の二面を埋め尽くす書棚、そして何より、窓側の一角が二階まで吹き抜けになっていて、優雅な手すり付きの階段で行き来するようにされているのが趣深い。

部屋の左半分を黒い革張りのソファとローテーブルが占め、右半分にどっしりとした両袖の執務机、そしてその脇に小さめのデスクがもう一台据えられている。小さいほうは秘書のジュールが使うのだろう。デスクの上には、ノートパソコンが、つい今し方まで作業していたかのごとく置かれたままになっている。

ジュールの姿は見当たらないが、ユーセフは椅子に座ったままマホガニー製の執務机に突っ伏しており、具合でも悪いのかと驚いた。

イズディハールもハッとして声を出す。

「アレクシス」

部屋に入ってユーセフの様子を確かめようと歩を進めかけたとき、二階から誰かが階段を下りてきた。

軍靴を履いた脚が見え、ジュールだとすぐにわかった。

手にはブランケットを持っている。

ジュールは廊下にいる二人に気づいたふうもなく、執務机でうたた寝するユーセフに近づくと、ブランケットを広げ、そっとユーセフに掛ける。

起こさないよう細心の注意を払っているのがわかり、秋成たちも静かに見守る形になった。

ここに入っていくのはいかにも無粋だ。

物静かで出しゃばらず、常に職務に徹していて、それ以外の姿はあまり見せない印象のジュールとは、まだ打ち解けて話せておらず、人となりなどは想像するしかなかったのだが、ユーセフにブランケットを掛けるところを偶然見て、情の濃さに胸がキュッとなった。

気遣わしげな、敬愛の情が滲(にじ)み出た表情や、丁寧な手つき、自分の息遣いすら安眠の妨げになるのではないかと憚るような細やかな配慮。そうしたことが離れた場所からもまざまざと感

じ取れ、こちらの気持ちまで高まってくる。

職務上世話を焼いているという感じはまったくせず、心から好きで、自分以上に大切にしたいと思っているのが伝わってきて、もしかしてと思わずにはいられない。そのくらいユーセフの横向きになった寝顔を見つめるジュールの眼差しは熱っぽかった。

これ以上こっそり見ているのはプライバシーを侵害しているようで悪い気がする。

傍のイズディハールを見上げ、出直しましょうか、という意を込めて腕に手を掛ける。

その手を握り返してきながら、イズディハールはなお視線を逸らさない。

ジュールを見ているイズディハールの表情が心なしか硬くなった気がして、秋成も再びそちらに目を向けた。

執務机の上には、デスクトップパソコンの他、ファイルや資料と思しき冊子などが積み重なっている。ユーセフはそれらを避け、レザーのデスクマットに片頬を乗せて寝ていた。

ジュールはさっきまでの愛情に満ちた気配りとは異なる、張り詰めた緊張を纏っており、見た瞬間不穏な心地になった。表情から柔らかさが消え、心を無にしたような、何を考えているのか読めない危うさが出ている。そうしてガラッと雰囲気の変わったジュールは、ちらちらとユーセフの様子を窺いながら、他のファイルの下になっていた一冊を慎重に抜き出した。

ここからではどんな内容のものかわからないが、振る舞いからして、通常であればジュールが無許可で閲覧することを許された書類ではなさそうだ。

思いもよらない展開になり、秋成は状況を把握しきれず戸惑った。目の前で起きていることをどう捉えればいいのか、にわかには判断がつかない。信じがたい気持ちと疑念が交錯し、しばし息を止めて凝視するだけだった。

ジュールは音をさせずにファイルを開き、綴られている書類をそっと捲り、一瞬眉根を寄せた。見ているこちらの心臓が緊迫感にバクバクする。ジュール自身は落ち着き払っていて、うっかり音を立てるといった失態など犯すことなく、ファイルをすぐに元の場所に戻した。なんとなく腑に落ちない様子で、何事か思案しているふうだ。

ユーセフは気づいた様子もなく執務机で寝入っている。ここでは完全に気を許しているかのようだった。

ふと、ジュールがこちらを見る。

扉の陰に潜んでいることに気づかれたかとギョッとしたが、角度的にあちらから二人の姿は見えていないはずで、実際、すぐに視線は外れた。念のために誰にも見られていなかったことを確かめただけのようだ。

すでにジュールは普段の彼らしい、柔和で理知的な、痒いところに手が届く有能な補佐官という印象を取り戻している。

今ならお互い何事もなかったかのように向き合えそうだ。

イズディハールが片側だけ閉まっていた両開きの扉をノックする。

「はい」

ジュールがこちらに歩いてきながら低めた声で返事をした。今ここに来たばかりなら、不審な行動をしていたとは想像もつかなかっただろう。それくらい、いつもと変わりない様子に戻っていた。

「執務中のところにお邪魔して申し訳ない。秋成と戻ったので一言挨拶しておこうと思って来たのだが」

「わざわざご足労いただきまして恐縮です。あいにく首相は今……」

「すまない。少しウトウトしていた」

ジュールが最後まで言い終えないうちに、ユーセフの声が割って入る。

皆一斉に執務机の方に目を向けた。

ユーセフは上体を起こし、僅かに乱れた髪を軽く整えているところだった。

「お目覚めですか」

「起こしてしまったようだな。悪かった」

ジュールに続けてイズディハールが詫びる。

「なに。寝るつもりはなかったのに、いつのまにか睡魔に負けていたようだ。殿下に醜態を見せることになってお恥ずかしい限りです」

ユーセフは椅子から立ち上がり、屈託なく自嘲する。

ユーセフがイズディハールと話している間に、ジュールは椅子に置いたままになっていたブランケットを畳んでいた。

気づいたユーセフが振り向き、礼を言う。

「世話を掛けたな。ありがとう」

「どういたしまして」

ジュールは屈託なく返し、ブランケットを持って階段を上がっていく。

「上に仮眠用のソファベッドを置いているんだが、気がつくと机で寝ていることがままありましてね。三十も半ばを過ぎると、徹夜明けがきつくなる。殿下も来年は三十を迎えられるでしょう。私が言うのもおこがましいが、無理は禁物ですよ」

「アレクシスは働きすぎだ。体制が変わったばかりで忙しいのはわかるが。今ここできみが倒れたら元も子もないだろう」

「確かに。爆弾テロ事件の犯人もまだ捕まえられずにいるし、旧体制派の連中との折衝はさまざまなところで難航しているしで、現状休む暇もないのだが、倒れるわけにはいかない。体調管理と安全確保は蔑ろにしないと、彼とも約束しています」

彼、とユーセフは視線を上に動かし、まんざらでもなさそうに言う。

ジュールを信頼しているのがわかり、秋成は複雑だった。先ほどの光景が頭から離れず、あれをどう解釈すればいいのか悩む。ユーセフに言うべきなのか、それとも先にジュールに何をしていたのか聞いてからにすべきなのか。イズディハールもきっといろいろと考えているだろう。いずれにせよ、この場で迂闊に口にすべきでないことは確かだった。

「お目付役がしっかりしていてなによりだ」

イズディハールは冗談めかしてさらっと言い、ブランケットを片付けてきたジュールが下りてくると、にこりと笑いかける余裕まで見せた。

「ローウェル家ではゆっくりできたようだな、秋成」

あらためてユーセフ首相の寛大なお計らいのおかげです。連れてきてくださった殿下にも、本当になんとお礼を言えばよいかわかりません」

「礼には及ばない。むしろ我々はあなたにまだ何一つ償っていないんだ。いつか必ずあなたの無実を証明し、名誉を回復させる。約束しよう」

「ありがとうございます。でも、どうか、無理はなさらないでください。今は新体制を根付かせることが最優先事項だと承知しております。私も、シャティーラで問題なく……いえ、それどころか、過ぎるくらいよくしていただいていますので、当面はこのままで十分です」

「そこは俺が保証する。秋成はシャティーラで確実に保護している。我が国の国籍を取得した国民なのだから当然の話だが。それはそれとしてザヴィアでの名誉回復も重大な問題なので、いずれ果たしてやってほしい」

「ええ。必ず」

ユーセフが口先ばかりではない真摯さで約束する。その気持ちだけでもありがたく、嬉しかった。

「お飲み物を用意してまいります。ご希望がありましたらお申し付けください」

話が一区切りついたところで、タイミングを見計らっていたようにジュールが口を挟む。

「私もお手伝いいたします」

自然な流れでジュールと二人になって話をするうってつけの機会だと考え、申し出る。

「そうだな。頼んでいいか」

秋成の意図を察してか、イズディハールも後押ししてくれる。そちらはそちらで、先ほど見たことをユーセフに話すつもりなのかもしれない。

お茶などは、普段は執事に任せているようだが、ジュール自ら言い出したのは、見た目ほど平静ではないからかもしれない。しばらく一人になって気持ちを落ち着かせたかったのではないかと思われる。だとすれば秋成の申し出は計算外で、迷惑だっただろう。

だが、ジュールはそんなふうに思っているとは一切感じさせず、恐縮すると同時に秋成に本気で感謝しているようだった。

「秋成さんのお手まで煩わせることになって、申し訳ありません」

「いいえいいえ。私も殿下の従者として来ていますから」

まずは差し障りのない話をして、ジュールの人となりや出方を肌で感じて、どういう人物なのか自分なりに摑みたい。いきなり詰問するようなまねはしたくなかった。こちらの勘違いということもあり得る。

夕食の準備をするにはまだ早い時間帯で、一人いる料理人は休憩中とのことで、厨房には誰もいなかった。

手分けしてお茶とコーヒーの準備をする。

豆を挽いたり、茶葉をポットに量り入れたりする合間に、ポツポツと会話した。ジュールも秋成同様、口数が多いタイプではないようだが、最初に顔を合わせたときからなんとなく意識し合っていた感触はあり、どうやら向こうも秋成に興味があるらしい。

「一度ゆっくりお話ししたいと思っていました」

少し照れくさそうに言われ、「私もです」と同意する。不審な行動を見た後でも、ジュールに対する好感度はなくなっておらず、話せば話すほど、何かの間違いであってほしいと祈る気持ちが増す。

「秋成さんはイズディハール殿下と大変ご親密なのですね。殿下自ら車を運転されて、送り迎えされるとは、本当に親身になって秋成さんのことを心配されているのだなと思いました」

国際問題の渦中にいた複雑な事情を加味しても、一国の王子殿下との関係性はいささか不釣り合いに映るだろうと承知しているので、触れられて当然の話題だった。

「こんなことは口にすべきではないのかもしれませんが、私の目には、殿下は秋成さんに特別なお気持ちを抱いていらっしゃるように見えて、そう感じる自分に少々戸惑っています。違っていたら不敬ですし、秋成さんに対しても失礼な話で、恐縮ですが」

ジュールからは悪意や嫌悪、揶揄(やゆ)などは感じられず、非常識だと呆(あき)れているふうでもなかった。物語のようなロマンスが現実にあっても驚かないと柔軟に受け止めているようでもあり、それにはジュール自身のユーセフに向けた気持ちも関係しているのかと想像を逞(たくま)しくする。

「殿下と秋成さんがご一緒されているところを拝見すると、こちらまで心が温かくなって、幸せな気持ちになります。それでおそらくそう感じるのだと思うのですが、ご不快な発言でしたら申し訳ありません」

「いえ、不快などということはありません」

秋成はふわりと笑みを浮かべ、首を横に振る。本当のことを話すわけにはいかないし、さりとて嘘をつくのも苦しいので、どうしても言葉少なになる。自分のことよりジュールの話を聞きたかったのもあり、逆に水を向けた。

「実は私も、ユーセフ首相とジュールさんの間に同じ雰囲気があると感じていました。お二人はひょっとしてお付き合いされているのですか」

この際だったので回りくどい言い方はやめ、率直に切り込む。曖昧な聞き方でははぐらかされる気がした。はっきり聞けば、基本的にごまかしが不得手で良心の呵責(かしゃく)を感じやすそうな人柄からして、正直な反応があるのではと思った。ジュールにそうした印象を持っているので、先ほどのスパイめいた行動がどうにも受け入れ難い。きっと何か事情があって、やむを得ずしたことではないかと思いたかった。

「とんでもありません」

思った通りジュールは顔を赤くして狼狽える。通常時の冷静沈着さが、ユーセフとの個人的な話になるとたちまち崩れ、取り繕わない素の顔が出るようだ。このほうがジュールらしい気がしてホッとする。

「……私には雲の上のお方です」

ジュールは自分の気持ちは否定せず、それだけ答える。自分でもどうにもできない強い感情が胸中で渦巻いていて、へたに喋ると堰を切って溢れ出そうで、その短い言葉を発するのが精一杯なのかと推し量ってしまう。そんな切羽詰まった印象が表情や口調に凝縮されていた。

「ユーセフ首相が大事ですか」

どうしてもそれを確かめたくて、ムッとされたり訝しがられたりするのを覚悟して聞く。

「はい。もちろんです」

ジュールは秋成の目をひたと見据え、穏やかだが強い意志を感じさせて、一片の迷いもなく言い切った。

首相を守るためならなんでもする。力強さのある緑の瞳がジュールの覚悟を訴える。

こちらが本当のジュールだと信じたかった。

「先日起きた爆破テロ事件、あれはまだ終わっていない気がするのです。結果的に仕損じた形になったと思うので、また次を企てていないとも限りません」

そんなことはむろんジュールたちもわかっているだろう。無粋と承知で言ったのは、ジュールの反応を見たかったからだ。

「ええ。首相ご自身もそう考えておられます。油断はしていません」

ジュールはなんの疚しさも窺わせずに、秋成から目を逸らすことなく答えた。

偽りの言葉、欺いた態度だとはどうしても思えず、秋成はそれ以上踏み込めなかった。状況がわからなすぎる。書斎でユーセフと話しているだろうイズディハールの意見も聞きたい。

「くれぐれも無理はしないでください。あなたも」

結局言えたのはそれだけだった。

「はい。ありがとうございます」

ジュールがコーヒーポットと伏せられたカップの載ったトレーを持ち上げ、神妙な顔つきで返事をする。

秋成はティーセットを載せたトレーを持った。

「私も首相も、殿下と秋成さんを巻き込むことだけは絶対に避けたいと考えています。特に殿下に万一のことがあれば、二年以上ぶりの国交正常化が水の泡になりかねません。秋成さんが名誉を回復し、この先自由にローウェルご夫妻に会いに来ていただけるようにするためにも、今はシャティーラでこちらの情勢が落ち着くのをお持ちいただけたらと思います」

要は、用事が済んだなら早く帰国してくれ、ということだろう。

「ユーセフ首相も同じお考えでしょうか」

念のため確かめる。

「おそらく」

取りつく島のない淡々とした返事に、秋成は何も言えなかった。

5

四人でお茶やコーヒーを飲みながらユーセフの書斎で雑談していたのは三十分ほどだ。

その後、ユーセフとジュールは執務に戻り、秋成(あきなり)はイズディハールとゲストルームに引き揚げた。居間付きのイズディハールの部屋で二人になり、ようやくジュールの行動について意見を交わすことができた。

秋成が厨房(ちゅうぼう)でのやりとりを話すと、イズディハールは頷(うなず)き、言った。

「ジュールの言うことにも一理ある。おそらく彼は本気で我々を巻き込みたくなくて帰国を促しているんだろう」

「不測の事態が高確率で起きることを知っている……のでしょうか」

「あれを見たら、そう考えざるを得ないな」

やはりイズディハールも見間違いや勘違いだとは思っていないようだ。

「ユーセフにこのことを話されましたか」

「というより、アレクシスは知っていた」

「もしかして寝た振りをされていたのですか」

驚いたのは一瞬で、ユーセフならばそのくらい隙がないほうがらしいと思い、納得する。

「少し前からなんとなく様子がおかしいと感じることがあったそうだ。とはいえ、最初から狸寝入りをしていたわけではなく、ブランケットを掛けてもらったとき気づいたらしい。元々眠りが浅く、人の気配に敏感で、何かあればすぐ起きると言っていた」

「私たちが言うまでもなかったのですね。ユーセフに考えがあって黙っているのだとすれば、よけいなことをしなくてよかったです。厨房では私も当たり障りのない話しかしませんでした」

「ほう。どんな話をしたのか、差し支えなければ聞きたいな」

イズディハールに率直な関心を示され、ちょっと気恥ずかしかったが、正直に話す。

イズディハールはフッと口元を綻ばせ「いわゆる恋バナだな」と砕けた言い方をした。

「我々のことは、アレクシスも半ば確信していながら、あえてはっきり聞かずにいてくれているようだが、さすがに俺がきみを正式に妻にしたとは思ってないだろう。なにしろ、きみはザヴィアでは男性だと認識されているんだからな。アレクシスには、妃が別にいるのにきみにも手を出したと思われていそうだ。シャティーラでは、階級によっては、二人目三人目の妻や恋人を持つことは珍しくないと知っているだろうし」

「いつかは本当のことをお話ししたいと思うのですが、それには私の体のことから打ち明けないと説明しづらいので、少なくとも今する話ではないですよね」

「ああ。もっと落ち着いてからだな」

「できれば、祖父母にも打ち明けたいと思っています」

秋成は以前から何度となく考えてきたことを、この際言葉にした。

予想通りイズディハールは反対しなかった。

「俺もきちんとご挨拶できれば嬉しい。だが、無理はするな。きみ自身が本当に話したくなったとき話せばいい。一生話さない選択もありだ。俺はきみの意思を尊重する」

「はい。そう言っていただけると、私も気が楽になります」

イズディハールのこうした寛大さに、何度も救われてきた。ありがたさを噛み締める。

「ジュールに関してはアレクシスもいろいろと思うところがあるのではないか。好感を持っているのは間違いないだろう。部下としてだけではなく、個人的にも目を掛け、大事にしているようだ。歳は一回り離れているが、二人が一緒にいるのを見るとしっくりくる。だから、アレクシスも複雑で、自分の考えすぎならいいと思っていたらしい」

「ジュールが見ていたファイルはどういった内容のものだったのですか」

「あれは、ダミーだったそうだ」

「ダミー……」

それならば、ファイルを開いたときジュールが訝しげな様子を見せたのもわかる。

「あらかじめ重要な報告書だと印象付けておいたが、内容はすでに公開済みの広報記事で、ジユールの出方を探るための措置だった。アレクシスとしては何事もなく済ませられることを一番に願っていたのだろうが、残念な結果になった。だが、ジュールに対する牽制にはなったはずだ。ジュールもアレクシスが自分を疑っていることに気づいたはずだからな」

「ジュールには何かのっぴきならぬ事情があるのでしょうか」

でなければ、どうにも納得がいかない。ユーセフへの想いや、新政府に期待する気持ちは嘘だとは思えなかった。

「旧体制下では、国の中枢側と結託していた陸軍幹部将校直属の部下だったというから、そのあたりに何か逆らえない理由があるのかもしれない。調べさせているところだそうだ」

「今すぐ本人を尋問したり、側近の任を解いたりする気はないのですね」

「ああ。泳がせて、どう出るか見極めるつもりだろう。監視はつけると言っていた。本音はジュールのほうから全て話してくれることを期待しているのではないかと思う」

「何か事情があるのだとすれば、本人も板挟みになって苦しんでいるかもしれないですね」

「アレクシスもそれを気に掛けている。ジュールのことを親身になって心配していた。自分にできることがあれば、力になりたいと考えているようだ」

「私たちは、これ以上ここにいないほうがいいのでしょうか。ご迷惑をお掛けするのは本意ではありませんが、何かできることがあればしたい。虫が知らせると言いますか……胸がざわついて仕方がありません」

「そうだな。きみの気持ちはわかる。俺としても、新政府樹立の際に一肌脱いだ経緯がある。乗りかかった船というやつだ」

イズディハールは秋成の肩をポンと叩き、譲らない意を感じさせる眼差しを向けてくる。

「こっちはこっちで、ドハ少尉に独自の調査を頼んでいる。二年前ハミードが調べていた、過激派組織マスウードに武器を供給していたザヴィア側の人物についてだ。ザヴィア側はきみのサイン入りの書類を偽造し、きみの仕業だと主張したが、拘束されたマスウードのメンバーの証言で、実際の取引相手は大柄な軍人然とした男だったというところまでわかっている。当時はザヴィアが非協力的で、直後に国交も断絶する事態になったため、それ以上調べようがなかった。だが、今なら可能だ。実を言うと、今回ザヴィアに来た目的の一つはそれだ。武器取引に関わった真犯人を見つけ、きみの名誉を回復する。最初からそのつもりだった」

「そこまでお考えだったのですね。私のために……ありがとうございます」

名誉回復にイズディハールが心を砕いてくれているのは知っていたが、この機に乗じて具体的な計画を立てていたとは思いがけず、感謝の気持ちでいっぱいになる。

「爆破テロと聞いて俺もハミードもすぐに二年前の事件を頭に浮かべた。あの後マスウードは壊滅状態になったが、残党がまだ活動しているようだとの情報もある。ザヴィアに彼らとパイプを持つ者がいるとすれば、今回のテロ行為にもなんらかの形で関わっているかもしれない。そこから二年前の真相究明の手掛かりを見つけられれば一石二鳥だ」

「では……」

「二年前の件を調べ直したいから、もうしばらくザヴィアに留まらせてくれとアレクシスに頼み、了解を得た」

「そうなのですね」

明日にも出国すべきなのかと考え、後ろ髪を引かれる思いでいたが、悩まなくていいとわかって気持ちが楽になる。

「全部解決させて、心置きなく帰国したいものだ。そのためにできる限りのことをする」

「私にもできることがあれば、させてください」

「きみの使命は、自分の身を守ることだ」

イズディハールはベッドサイドチェストの引き出しを開けた。

「きみが持っておけ」

差し出されたのは護身用の拳銃だ。

「これは？」

「アレクシスが貸してくれた。射撃は得意だろう、秋成。いざというときのために、きみに預けておく」

「……承知しました」

秋成は怯まずに受け取ると、グリップを握り、感触を確かめた。誂えたかのごとく手に馴染む。秋成が持つことを見越してこの銃を渡してくれたかのようだった。

使わずにすむことを祈るが、いざというときは躊躇しないと意を固める。

ユーセフの身近に不穏な要素があるとわかった以上、このままでは終わらない予感は現実のものとなったと考えるべきだろう。

自分の身だけでなく、ユーセフの身もイズディハールの身も守る——秋成は銃を持つ手に力を籠めた。

*

夜九時を回った頃、イズディハールから「こちらに来てくれ」と言われて隣室を訪れると、しばらく顔を合わせていなかったドハ少尉が戻ってきていた。

二人はソファとスツールに分かれて座り、膝を突き合わせるようにして真剣に話をしていた。ローテーブルの上には写真や資料、メモなどが広げられており、これまで少尉が調査に尽力してくれていたのがわかる。

秋成もイズディハールの隣に腰を下ろす。

さっそく一枚の写真を見せられた。陸軍の制服を着た厳つい顔の男だ。徽章から少佐だとわかる。胸から上しか写っていないが、肩幅の大きさや、制服越しにも明らかな二の腕の筋肉の盛り上がり具合から、体格のよさが見て取れる。

「ボヤン・シヴコフ少佐、知っているか？」

イズディハールに聞かれ、秋成は小さく頷いた。

「お名前だけは。面識はありませんが、陸軍では名の通った方でしたので」

噂によればガチガチの旧体制派で、極端な男性優位主義者らしい。秋成が所属していた近衛部隊などは、特権階級の御曹司が集められた式典用のお飾り部隊だと侮蔑して憚らず、秋成のように細くて男らしさに欠ける容貌をした者は忌み嫌っていたようだ。本人は百九十超えの長身にレスラーのような筋肉をつけたマッチョで、部下を容赦なく殴ったり蹴ったりするため、軍曹時代から恐れられていたと聞く。逆に上席者には絶対服従し、命じられたことはなんでもやるので、異例の早さで一兵卒から少佐にまでなった人物だ。

「所属が違って、直接顔を合わせたことすらなかったにもかかわらず、少佐はきみを目の敵にしていたそうだな」

「そんなふうに聞いたことはあります」

当初はいったいなぜなのかと悩みもしたが、元々学生時代から自分は何もしないのに勝手に嫌われたり遠巻きにされたりすることが多かったので、ここでもか、という諦念のほうが強かった。人は不思議と異質なものを見分け、相容れないものとして排除したがる。おそらく少佐も秋成の特異性を嗅ぎつけ、最も嫌悪する対象だと本能的に感じたのだろう。そう考えるしかなかった。幸い直に関わる機会もなかったので、実際に不都合はなかった。

「シヴコフ少佐が、二年前の事件か、もしくは今回の爆破テロと関係があるのですか」

「はい。二年前、マスウードに銃や爆弾などの武器を供給し、テロ組織を支援したザヴィア側の取り引き相手は、このボヤン・シヴコフに間違いないとわかりました」

裏を取ってきました、とドハ少尉は言う。

「二年前の段階で我々は、ザヴィア国内で武器調達係をしていたマスウードのメンバーと接触しており、取り引きの際に会った相手はローウェル大尉とは似ても似つかない体格の男だったとの証言を得ていました。ところが、その直後にザヴィアは一方的に国交断絶を宣言し、外交官を含んだ全員に国外退去命令が出され、調査も打ち切らざるを得ませんでした」

「そうでしたね。おかげで私の嫌疑はシャティーラでは晴れ、身分の保証までしていただけたのでした」

そして、それから間もなくイズディハールに求婚され、シャティーラの国籍まで得ることになった。あらためて思い返すと、人生を大転換させる出来事が次から次へと起き、怒濤に押し流されるような日々だった。

「今回、少尉にあらためてその元マスウードメンバーを捜してもらい、今もザヴィア国内に潜伏していることを突き止めた。会って話を聞き、取り引き相手だった男の特定と証拠固めを頼んだ」

「その結果、シヴコフ少佐だと判明したのですね」

違和感や意外さはなかった。ただ、おそらくこれは少佐の単独行為ではなく、旧政府とズブズブの関係だった当時の軍幹部の、かなり上の人間が絡んだ組織ぐるみの行為だろう。少佐は短気で暴力的な、他人を威圧して恐れさせるタイプの軍人らしいが、あれこれ狡猾(こうかつ)に立ち回ったり、策を弄したりする感じではなさそうだ。ある意味真(ま)っ直(す)ぐでわかりやすく、下には逆らわせず、上には逆らわない。上からの命令は絶対と受け止め、己の立場やその行為の意味するところなど考えずに、粛々と言われた通りにするだけだと思われる。

「マスウードの元武器調達係は少佐の写真を迷わず指差し、この男だと断言しました。というのも、最近またいきなり連絡があって、今度は逆に、爆弾を作ってほしいと依頼してきたそうなのです。受け渡しの際に来たのが、二年前と同じ男だったと」

「それは、もしかして……?」

「アレクシスを狙って講演会会場に仕掛けられた遠隔操作式の爆弾だ」

イズディハールが苦々しげに顔を顰(しか)める。

「先日の爆破テロも、二年前にマスウードを支援してシャティーラでテロを起こすように仕向けたのも、旧体制派の軍幹部と考えて間違いないのでしょうか」

十中八九そうだろうと思いながらも、慎重に言葉を選ぶ。

「疑う余地はないな」

はい、とドハ少尉も頷く。

「そうすると、ジュールにスパイのようなことをさせているのも、軍の幹部の誰かということになりますか」

「マクシム・トリフォノフという陸軍大佐がいる。アレクシスの同期で、上級士官学校でもなにかと鎬を削った仲らしい。大佐になったのはアレクシスより二年ほど早かったものの、その後これといった軍功は立てておらず、昨今はあまり存在感を示せなくなっているようだが」

「個人的には存じ上げませんが、トリフォノフ家は家格が高い名家の一つで、ローウェル家と立ち位置が似ているからか、マクシムさんのこともときどき耳にしていました。両家の関係はあまり良好ではなく、祖父母も社交上最低限の付き合いしかしていなかったようなのですが」

「ローウェル家は王政時代の王族から枝分かれした家系で、トリフォノフ家は軍閥のトップを歴任してきた家系、いろいろと相容れなそうなのは想像に難くないな」

「もしかすると、トリフォノフ家の方々は、私が軍に来て不快だったかもしれません。そういう視点がなかったので気づきませんでしたが、今話しているうちにふと思いました」

　上級士官学校出身の名家の子弟の多くは卒業後まず近衛部隊に配属されるが、成績優秀者は幹部候補として陸海空軍に割り振られる。マクシムやアレクシスがまさにそれだ。秋成も座学だけではなく実践訓練でもトップグループ内で競い合う成績を上げていたが、辞令が出たのは近衛部隊で、正直少し落ち込んだ。ローウェル家から口出しがあったとの噂も耳にし、やはり祖父母に疎まれて、邪魔されているのかと感じたのも事実だ。しかし、実態を見ると、近衛部隊に配属されたおかげで、まだ風当たりがきつくなく、やっていけた気もする。

「すみません、ちょっと感傷的な気分になってしまいました」

本題に戻りましょう、と気を取り直す。

イズディハールは秋成の顔を覗き込んできて、大丈夫そうだと見て取ると、話を続けた。

「ジュールは、アレクシスがクーデターを成功させて軍の編成も見直すよう指示するまでの旧体制下で、トリフォノフ大佐の側近だった」

「では、ユーセフ首相がおっしゃった体制派の陸軍幹部というのが、ご自分と同期のトリフォノフ大佐のことだったのですね」

ジュールはクーデターには加担しなかった、それは直属の上司が体制派で、立場上こちらに与するのは難しかったからだ、とユーセフに説明されていた。確かにトリフォノフ家の御曹司ならば体制派だろう。

「トリフォノフ大佐は調べれば調べるほど胡散臭い。まともなやり方でアレクシスと対等かそれ以上の成果を残してきたのか眉唾だ。実家の影響力をはじめ、使えるものはなんでも使うやり口で、試験の点は水増しさせ、他人の功を横取りして自分のものにし、上官に莫大な袖の下を贈って大佐までとんとん拍子に昇格した節がある」

イズディハールは腕を伸ばして少し離れた場所に置かれていたファイルを手にすると、開いて、画像付きのプロフィール書を秋成に示す。そこに、貴公子然とした甘いマスクの、穏やかで優しそうな大佐の写真があった。

「見た目は上品で、いかにも育ちのいい好人物という印象だが、学生時代まで遡って調べてみたら、とんでもなく裏表の激しい食わせ者だとわかった。表向きは学生代表に選ばれるほどの優等生で、面倒見がよく、教師からの信頼も厚い、絵に描いたようないい子だが、陰では凄惨ないじめをしていたとか、交際していた女性に常習的に暴力を振るっていたとか、ろくでもない話ばかり出てきた。なんでも言うことを聞く取り巻きが数名いたが、全員の弱みを握って奴隷のように服従させていたらしい」

「もしかして、ジュールも同じような状況なのでしょうか」

「その可能性は大いにありそうだ」

「ジュールについても念のため調べました」

さすがはドハ少尉、抜かりない。

「指示するまでもなかった。助かる」

イズディハールも満悦した笑みを浮かべる。

「ジュール・クリストフ少尉はいわゆる一般家庭の出身です。地方の小さな町で、父親は工場勤務、母親は保育士として生計を立てていますが、子供五人に加え、病気の祖母の面倒も見ていて今も生活は楽ではなさそうです。次男のジュールは幼少期から神童ともてはやされるほど利発で、学業もスポーツも優秀だったため、入隊して陸軍少尉にまでなり、一家の期待を一身に背負うことになりました。毎月給料の中から多額の仕送りをして実家を支えていて、父親はことあるごとにジュールを、俺の息子はエリートだ、と自慢しているようです」

「重いな。自分の肩に家庭の事情が伸し掛かっているのは」

「元の上官がトリフォノフ大佐だったというのが、気になります」

大佐の話を聞いて、なんとも嫌な予感がして仕方がない。

「言いなりにしたい相手の弱みや秘密を摑むのが大佐の常套手段だとすれば、ジュールも抜き差しならない状態でユーセフ首相の許に送り込まれたのかもしれませんね」

「アレクシスがジュールを側近にした経緯はわかるか、少尉」

「はい。それも少し作為が感じられるところでして、トリフォノフ大佐は議会の解散と総選挙が決まった直後、クリストフ少尉を側近の任から解いています。ユーセフ首相は以前から少尉の優れた働きぶりと感じのよさ、謙虚で真面目な性格を評価していたそうで、周囲にもそれは知れ渡っていたとのことです。大佐が少尉をフリーにすれば、ユーセフ首相が自分の許で働かないかと声を掛けるであろうことは誰もが予想できたでしょう」

「実際は手綱をつけた状態で、ユーセフ首相の動きを探らせるために送り込んだのだな」

「先日の爆破テロでもジュールが果たした役割はあったのでしょうか」

本人は何に利用されるのか知らされないまま、言われるままに情報だけ渡していたのだとすれば、テロが起きたときに相当な衝撃を受けただろう。もう二度とそんなまねはしたくないと思ったとしても、秘密を握られていればきっと逆らえない。板挟みになって苦しい思いをしているのではと昼間感じたのは、気のせいではなかったように思え、なんとかできないだろうかと居ても立ってもいられない心地になる。

「ユーセフ首相の詳細な行動予定は特任秘書のジュールから入手するのが確実ですから、そのあたりで利用された可能性はありそうです」

ドハ少尉が気の毒そうに答える。

「アレクシスはジュールに一方ならぬ気持ちを寄せているようだ。彼が抱えている問題がわかれば、きっと最善策を考えて力になろうとするだろう。ただ、ジュールにしてみれば打ち明けるには多大な勇気が必要で、隠し通したいと必死になっているからこそトリフォノフの言いなりになっているのだろうから、簡単ではなさそうだ」

「トリフォノフ大佐には、つい気を許して話してしまったのかもしれませんね。なんとなく、大佐は人の心にうまく入り込んで、親身になるのが上手な方なのかなと思います。表の顔だけ見れば、人当たりがソフトで打ち解けやすそうなので、困ったことがあるならいつでも話を聞くよ、などと親切なふりをして近づいてこられたら、普段は誰にも言わないことを相談する気になりそうです」

「学生時代に、まさにそのやり方で秘密を握られ、卒業するまで奴隷のような扱いを受けた、と言っている方がいました」

本当にひどい人物だったのだなと暗い気持ちになる。外見からは想像もつかず、そこがまた怖い。一緒の部隊になっていたなら、秋成も大佐の餌食になっていたかもしれず、背筋が寒くなった。

「旧体制派はなんとしてもアレクシスを退かせ、軍部主導で腕づくでも政権を取り戻そうと躍起になっている。シヴコフの依頼で遠隔操作式の爆弾を作ったマスウード残党の話では、爆弾はあの一つだけだったそうだ。だが、これで諦めたとは思えない」

「次は何をしてくるんでしょうか。ユーセフ首相も身辺警護を増やされたようですし、ジュールがあちらと通じていることもご承知なら、隙は作らないと思いますが……心配です」

「どこからどう来るかわからない敵を相手に、四六時中完全な防御はできないからな。それよりむしろ、アレクシスのことだから、あえてもう一度襲わせて、そこで一網打尽にすることを考えているのではないか」

危険すぎる作戦だが、うまくいけば実行犯を取り押さえ、そこから芋蔓式に主犯格を炙り出し、一挙にカタをつけられるかもしれない。

「シヴコフを逮捕すれば、今回の爆弾調達と同時に二年前の武器供給についても追及できる。今のところマスウードの残党の証言以外の証拠はないが、シヴコフが自供すればきみに掛けられた嫌疑は晴れ、正式に名誉が回復される。国民も納得するだろう。俺が思うに、シヴコフを利用していた旧体制派の中心人物たちは、シヴコフが逮捕されたら手のひらを返して、彼一人の独断専行だと言い立てるのではないか。そうなれば、直情的だというシヴコフは、自棄を起こして、裏切られた怒りに任せて洗いざらい喋るだろう。黒幕の正体もわかり、旧体制派崩壊にまで持っていける可能性はある。アレクシスはそこまで読んで、事を進めるつもりでいる気がする」

「あり得ますね」

ユーセフならそのくらい大胆な手に出そうだ。

「明日何か起こるかもしれないし、十日か二週間、あるいはそれ以上、何も起きないかもしれない。とりあえず我々がザヴィアで調べたかったことは調べ終えた。少尉のおかげでな」

「とんでもございません。手間取って今夜までご報告できず、お待たせいたしました」

ドハ少尉は常に謙虚だ。イズディハールもフッと口元を綻ばせる。

「シヴコフの動きを追いたいのは山々だが、いい加減帰国しないとハミードが苛つくだろうし、アレクシスにいつまでも世話になるわけにもいかない。明後日発とう」

「承知しました。そのつもりで準備します」

本音は、今ザヴィアを離れるのはいろいろと心配なのだが、無理を言って首相権限で特別に入国させてもらっている身で、ずるずると居座るのも不調法だ。ユーセフ首相は気さくに、好きなだけ滞在していいと言ってくれているが、あまり迷惑は掛けられない。

「きみは明日どうする？　最後にもう一度ご祖父母に会って、挨拶してくるか？」

イズディハールが気を遣ってくれる。

少し迷ったものの、秋成は「いいえ」と首を横に振った。

「きっと、またすぐお目に掛かれると思いますので。次にお会いするときは、二年前に着せられた汚名を雪いでからと、心に決めました」

「そうだな。それがいい。おそらく、そう遠くない未来に叶うだろう」

「はい」

まずは身の潔白を証明してからだ。祖父母にそれだけははっきりと知らせたい。

そして、できることなら、体の秘密を打ち明け、結婚相手のイズディハールをきちんと紹介したい。

けれど、さすがにそれは大きすぎる夢だとわかっている。

そうそう簡単に実現可能だとは自分でも思っていなかった。

6

ドハ少尉を交えて三人で話したあと、おやすみなさいと挨拶して自分の部屋に引き揚げ、ベッドに入ったものの、どうにも寝付けなかった。

ザヴィアの不穏な情勢、ジュールが置かれている状況、シヴコフ少佐が関与したと思われる二年前の真実等々、考えてしまうことがありすぎて頭が休まらず、何度も寝返りを打った末、諦めて起きた。

シャツとスラックスに着替え、静かに廊下に出て、二階のほぼ中央に位置する居間に行く。天井に吊り下げられたシャンデリアは消されていたが、コンソールやサイドテーブルに置かれたシェード付きランプや、スタンドといった間接照明はつけたままになっていて、室内は十分明るかった。

居間には誰の姿もなかったが、テラスに出るフランス窓が開いており、近づいて奥行きのある広いテラスを見渡すと、手摺りの前に誰か立っていた。

背の中ほどまで伸ばした髪は一括りに結ばれておらず、普段と印象が違っていたが、すらりとした立ち姿からジュールだとすぐわかった。

気配に気づいたのか、ジュールがこちらを振り向く。

秋成を見て、ああ、というように目を細め、ふわりと微笑み掛けてくる。

「お邪魔してすみません。窓が開いていたので、誰かいらっしゃるのかなと思いまして」

「構いませんよ。もしかして秋成さんも眠れないのですか」

「はい、ちょっといろいろ考えてしまって」

会話しながらジュールの傍に歩み寄る。

軽装で髪を下ろした姿は新鮮で、いつもと違った魅力を感じてドキッとする。眠れぬ夜に一人テラスで風に吹かれ、綺麗な髪を揺らしていたのかと思うと、真面目で少し堅苦しいくらいの印象が和らぎ、取っ付きにくさが薄れる。今なら話もしやすそうな気がした。

「明後日……いえ、もう日付が変わっていますから明日と言うべきでしょうか。明日、殿下と共にザヴィアを発つことになりました。ジュールさんにはなにかとお世話になりました」

「そうなのですね」

ジュールは明らかにホッとした表情になる。

「昼間はつっけんどんで失礼な物言いをしてしまい、申し訳ありませんでした。ご気分を害されたでしょう」

どうやらジュールはそのことを気にしていたらしい。

「いいえいいえ。私どもの身の安全を憂慮くださってのご発言だったことは承知しています」

ジュールは一瞬バツが悪そうに黙り込み、俯きがちになった。

「秋成さんは噂に聞いていたとおり、真っ直ぐで、心の綺麗な方ですね。羨ましいです。そうありたいと思っても、現実にはなかなか難しいものだと思います」

「そんな立派なものではないですよ」

謙遜するわけではなく、己を振り返って正直に言う。

「利己的で狭量だと感じて自己嫌悪に陥ることなどしょっちゅうです。好悪も優先順位もあります。嫉妬もしますし」

「嫉妬、ですか」

意外そうに目を瞠るジュールに、秋成は「ええ」と首を縦に振る。とことん自分に正直になるならば、祖父母がワシルを養子に迎えたとき、後継者云々の話は抜きにして、やはり心穏やかでないところはあった。言ってみれば、これも祖父母の愛情が遠縁のワシルのほうに向けられている気がしたがゆえの、嫉妬だったと思うのだ。

「あの……」

躊躇うようにジュールが秋成の顔を見る。

ここだけの話ができそうな雰囲気になってきた気がして、「なんでしょうか」と優しく続きを促した。深夜に二人きりというめったにない状況が、ジュールの背中を押したようだった。

「違っていたら失礼すぎるので、この期に及んでお聞きしていいかどうか迷うのですが」

「私と殿下のこと、でしょうか」

ジュールが逡巡し、なかなか言い出せないようだったので、秋成のほうから水を向けた。

こちらもジュールの本音が聞きたい。そのためには、自分も秘密を話した上で、相手に心を開いてもらうのが筋だろう。ジュールは本来、打ち明け話をむやみに他言するような人間ではないと信じている。

「やはり、そういうご関係なのですか」

ジュールの認識では、男同士の不倫関係ということになるはずだが、顰蹙を買ったようでもなければ、意外がるふうでもなかった。淡々と、事実だけ確かめたかったかのように、落ち着き払っている。むしろ、腑に落ちて納得がいったという感じだ。

「そう……ですね。殿下と、愛し合っています」

自分たちの仲を言葉にするのは面映いが、ここが大事な局面だという勘が働き、ごまかさずに認めた。

ほうっ、とジュールの口から、感嘆とも安堵とも溜息ともつかぬ、複雑な感情が乗った吐息が漏れる。

「驚かれないのですね」

「いえ、全然というわけではないのですが。きっとそうなのだろうと思っていたことが当たっていて、しっくりきたと言いますか」

ジュールはシンとした暗い中庭に目をやり、一言一言選ぶように喋る。

「シャティーラでは、特に王族の男性は、お妃様のほかにも奥様をお持ちになられると聞いています。宗教的に同性の方とは難しいようですが。欧州の人間としては、別段抵抗のないケースですので、殿下と秋成さんがそうしたご関係だとしても問題があるとは思いません」

「ありがとうございます。もしかしたら私を軽蔑しておられるのではと、覚悟していました」

「軽蔑されることがあるとすれば、それは私のほうこそです」

ジュールの横顔が僅かに強張る。胸中で迷いと戦っている感じで、見ている側も緊張する。

「何か、悩んでいらっしゃることがありますか？」

じわりと踏み込んでみる。

ジュールは唇を嚙み、しばらくそのまま遠くを見る目をして動きを止めていたが、やがて溜め込んでいたものを吐き出すようにフッと一つ息を吐いた。

「誰にも言えない悩みがありました」

躊躇いを払い除けるようにして訥々とした調子で話しだす。

秋成は余計な口を挟まず話を聞くことにした。

「子供の頃から抱えていて、ずっと自分一人の胸に隠してきたのですが、親身になって私と打ち解けようとする方と出会い、初めて、この方になら話そうという気持ちになり、話してしまいました」

聞くまでもなくトリフォノフ大佐のことだろう。だが、秋成は表情に出さず、知らない振りをして、ただ頷くにとどめた。

「そういう人がいることは知っているが、身近に存在するとわかったのは私が初めてだと、驚きながらも最初は優しく慰めてくださいました。辛かっただろう、誰にも言えずに、と。自分は変な目で見たりはしない、少なくとも自分の前では無理をせずに、ありのままに振る舞えばいい、とも言ってもらって、本当に、理解のある方と会えてよかったと感謝しました」

ですが、とジュールの顔が曇る。暗くても目が慣れたおかげで些細な表情の変化も見て取れた。そして、そこからの顚末はおおかた想像がついたが、まさに予想通りだった。

「のっぴきならない事態が起きて、情勢が変わった途端、その方も豹変しました。今まで私は何を見てきたのかと自分の目が信じられなくなるほど、別人のようになられて、一転して脅迫され始めたのです。……誰にも知られたくない、その秘密をネタに」

そこでまたジュールは黙り込む。

ものすごく葛藤しているのが察せられた。

ここまで話してくれたのも、秋成が明日にはいなくなり、今後会うかどうかもわからない、遠い存在になると考えたからだろう。それを踏まえた上で、秋成と性格や立場に近しいところがあると感じ、打ち明け話をする気になったのだと思われる。

「その方は、どんなふうにあなたを脅しているのですか」

迷った末に、質問する。ここまで聞いたからには、もう少し詳しく教えてもらいたかった。何か解決策を出せるかもしれない。

「あなたが隠しておきたいことは、無理におっしゃらなくていいです。私は、卑怯な手段で人を意のままにしようとするその方に反感を覚え、許せないと憤りを感じているだけです」

秋成の断固とした言葉はジュールの心に幾ばくか響いたようだ。

「両親を、家族を失望させ、私自身も一生を棒に振ることになる、と」

ジュールは秋成の視線を避けるように顔を背ける。全て話すわけにはいかず、奥歯に物が挟まったような言い方しかできないのが自分でももどかしいが、秋成にさらに質問されても困る。そんな気持ちなのが窺えた。

「……秋成さんになら、私の隠し事を、お話ししてもいいと思えてきました」

じわじわとジュールが言い出す。いろいろと考えた末、決意したようだ。

脅迫者についてはこれ以上言えないが、自分の秘密については明かせる。この際、聞いてもらいたい。ジュールの口調には、ギリギリの中で勇気を振り絞った響きが感じられた。

「私、実は……」

そのときだ。

ジュールの言葉に被さるようにガシャーンという音がした。

ハッとして、二人同時に体を緊張させる。

「今のは」

「ガラスの割れる音です」

「ええ。玄関ホールの辺りでした」

「首相、ユーセフ首相！」

いきなりジュールが駆け出す。

秋成も後を追った。

奇襲だ。まさかという気持ちと、してやられたという悔しさが湧く。

「やっぱり、私の……っ」

居間を突っ切って扉に向かう際、ジュールが自分を責めるように呟くのが聞こえた。

廊下に飛び出すや、ジュールは迷うことなく階段に向かう。

奥の部屋からイズディハールが寝巻きのまま出てきた。秋成の部屋だ。異変に飛び起き、とりもなおさず秋成の安否を確かめに行ってくれたらしい。

「イズディハール！」

「秋成」

イズディハールが走ってくる。

「これを持っておけ！」

部屋から取ってきた拳銃を、少し手前から投げ渡される。

それを確実に受け取り、ダッシュして階段を駆け下りた。

後からイズディハールも下りてくる。階段の途中で追いつかれ、一階に着いたときにはイズディハールのほうが先になっていた。

書斎の方から乱闘しているような激しい物音が聞こえる。

脇目も振らずに書斎に入っていくジュールの後ろ姿が見えた。

仕事人間のユーセフは、書斎で時間を忘れて執務に勤しみがちで、自室のベッドでちゃんと寝ることのほうが少ないらしい。今夜もその例に漏れず、こんな時間まで書斎に籠もっていたようだ。

大胆にも首相宅を襲った賊は、ユーセフのそうした習慣を知っていたのかもしれない。屋敷内を捜し回ることなく、いきなり書斎に侵入しているところから、そう考えざるを得ない。

ジュールの唾棄するような言葉が耳に残っていた。

イズディハールに続いて書斎に走る。

手前まで来たところで、中から迷彩服姿の男が飛び出してきて、廊下にドシンと尻餅を突いた。投げ飛ばされたのか、殴り飛ばされたのか、撃退されたような体勢だ。見るからに腕っぷしの強そうな男があっけなく放り出されてきたことに唖然とする。

「グアアッ、ちくしょうめっ」

憤怒の形相になった男が起き上がって再び書斎に突進しようとしたのを、イズディハールが足を引っ掛けて阻む。

おわっ、と空を掻くように両腕をばたつかせ、再び床に突っ伏した男を見下ろし、「おまえの相手は俺だ」と立ちはだかる。

イズディハールも従軍経験はしている。シャティーラでは成人男性の義務の一つだ。医療の心得があるので所属は衛生班だったそうだが、戦闘訓練も一通り受けている。秋成が心配する必要はなさそうだった。

「きみも気をつけろ」

中に何人いるかわからない。

「はい」

秋成はイズディハールに男を任せ、書斎を覗いた。

北側の窓ガラスが破られ、そこら中に破片が散らばっている。家具は倒され、花瓶は割れて絨毯を水浸しにし、観葉植物の鉢も傾いで土がこぼれ出している。執務机の上にあったファイルや紙束も床に落ちて散乱しており、惨憺たる有様だ。

侵入者は二人いた。一人は迷彩服、もう一人は特殊部隊が着ているような黒の上下だ。

ユーセフとジュールがそれぞれと取っ組み合い、格闘している。

ユーセフが相手をしている黒の上下を着た大男には見覚えがあった。

ボヤン・シヴコフ少佐だ。

パワーで押しまくる少佐に、ユーセフは技で対抗している。ものすごい勢いで繰り出される拳を躱し、あるいは腕で防御しながら、体重を掛けた一撃を相手に喰らわせる。明らかに少佐は、思うように攻撃を決められないことに苛つき、激昂していた。

一方、ジュールは、比較的小柄だが敏捷な動きをする厄介そうな男とやり合っている。

ジュールも強い。

正直、意外だ。特任秘書官が板に付きすぎていて、少尉だったときも秘書や副官の印象を強く持っていた。実戦は苦手なのかと勝手に想像していたが、全然違った。キレのある回し蹴りや膝撃ち、肘鉄などを次々と繰り出す。長い髪が動きに合わせてサラサラとなびく様が、剣舞を見るようだ。今イズディハールが廊下でやり合っている相手は、ドアとの位置関係からして、どうやらジュールが叩き出したらしい。ユーセフが気に入って抜擢したのも道理だ。

どちらも動きが速く、へたに加勢しようとすれば、かえって足手纏いになりかねない。迂闊に入っていけず、ハラハラしながら見ているしかない。

イズディハールが男を手刀で沈め、決着をつけてきた。

そちらに一瞬気を取られた隙に、ジュールも小柄な男を気絶させていた。

「クソッ！」

仲間二人を倒されたと知った少佐が自棄を起こしたように唸る。

「もうここまでにしておけ、シヴコフ少佐」

一メートル余りの距離を置いて身構え、睨み合ったまま、ユーセフが言う。

しかし、少佐の返事は、いつの間にか手に握っていた折り畳み式ナイフのロックを外す音だった。

飛び出したブレードがギラッと凶々しく光る。

思わず息を呑む。

「アレクシス！」

「ユーセフ首相！」

イズディハールとジュールが叫ぶ。

ナイフを振り翳した少佐がユーセフめがけて突進する。

ユーセフの手が届く範囲には防御の役に立ちそうな物はない。一瞬でそう判断したユーセフは、パッシブスタンスを取って身構えた。

イズディハールとジュールが同時に動く。

ユーセフのいる場所まではジュールのほうが距離が短い。その上、ジュールの動きは目にも留まらないほど速かった。

あっ、と思ったときには、ジュールが少佐に体当たりしていた。

「ジュール！」

ユーセフが動揺した声を出す。

「下がってください！」

少佐と揉み合いながらジュールがユーセフを遠ざけようとする。

「よせっ、ジュール」

「いいから、下がってくださいっ！」

ジュールの切羽詰まった叫びには、強い怒りが混ざっていた。

ユーセフに対してではなく、自分自身に憤っているのだと秋成には思えた。

「邪魔をするな！　この裏切り者め！」

少佐がジュールを罵倒し、ナイフを持った腕を振り下ろす。

「やめろっ！」

イズディハールが少佐に背後から飛び掛かり、羽交い締めにする。

引き剝がされた少佐の向かいでジュールが頽れた。

「ジュールっ！」

ユーセフがすぐさま抱き起こす。

脇腹にナイフが刺さっている。

みるみるうちに白いシャツが赤く染まっていく。

ハッとしたイズディハールが拘束する力を緩めるや、少佐は割れたガラス窓に向かって走り出した。

「逃すな、秋成！」

言われるより先に、体が動いていた。

拳銃を構え、少佐の脚を狙い、撃つ。

躊躇する暇もなかったが、我ながら落ち着いていた。

壊れた窓から上半身を出したところを撃たれた少佐は、残ったガラスをさらに割りながら窓の外に落ちる。

すぐさまユーセフが窓から飛び出し、這(は)ったまま逃げようとしていた少佐を確保する。

「秋成、悪いが上から荷造り用の紐(ひも)を取ってきてくれないか」

「はい」

階段を駆け上がり、仮眠室兼物置になったロフトでユーセフが言った紐を見つけ、持っていく。少佐は取り押さえられたまま、あらためて秋成と顔を合わせ、今気が付いたように驚いていた。ジュールは秋成たちのことはトリフォノフ大佐に報告していなかったらしい。

「おまえ……おまえっ」

秋成に憎々しげに唸り、凄(すご)む少佐の腕を、背中に回させて手首をきつく縛り上げながら、ユーセフが冷ややかに言う。

「私の客人をおまえ呼ばわりしないでもらおう。少佐にはこれから裁判が待っている。過去の罪も詳(つまび)らかにしてみせる。必ずな」

ユーセフの本気の怒りが伝わったのか、それっきり少佐は何も言わなくなった。

慣れた手つきで撃たれた脚の応急処置までして、ユーセフは少佐を屋内に引き立てる。

少佐を床に座らせ、逃げられないように手首の縄を頑丈な家具の脚に繋いだ。

その間に、秋成は意識をなくしたままの迷彩服の兵士二人の腕と脚を縛る。

イズディハールはジュールの傷の状態を診ていた。

「……すみません……殿下」

ジュールが苦しそうな息をしながら途切れ途切れに謝る。

「黙っていろ」

イズディハールは一蹴し、止血を施す。

救急車はすでに呼んだとのことだ。

「馬鹿なことをして」

傍に屈み込んだユーセフが、ジュールの血だらけの手を取り、ぎゅっと固く握りしめる。

「……償いです」

ジュールからもユーセフの手を握り返そうとするが、力が入らないようで、弱々しかった。

端で見ていて、胸が痛くなる。

「すぐに病院に運んでもらう。気をしっかり持て」

「はい」

「いいか。死んだら許さない。絶対に許さないぞ」

ジュールは半目になって微かに笑う。

脂汗に濡れた顔が痛々しい。

「執事さん、たちが……住み込みでなくて、よかったです……」

「そんなことしか言わないなら、もう黙れ」

ユーセフが怒る。

遠くから救急車のサイレンが聞こえてきた。

きっと助かる。

イズディハールの顔を見ると、力強い頷きが返ってきて、ようやく肩の力が抜けた。

＊

ジュールの手術は無事成功したと、朝方吉報が届いた。

気持ちが落ち着かず、眠れないまま夜明けを迎えたが、知らせを受けて胸を撫で下ろした。

救急車に同乗して病院に付き添ったユーセフも、おそらく一睡もしていないだろうに、帰宅してシャワーを浴び、簡単な朝食をとると、普段通り官邸に登庁していった。胆力のすごさに感嘆する。

「午後からお見舞いに行ってこようと思います。あなたはどうされますか」

「俺は遠慮しておく。俺が顔を出すとジュールはまた無理をするかもしれない。そうでなくても多分に気を遣わせそうだからな」

イズディハールの言う通り、ジュールは確かにそういう性格だ。怪我をしていようが起き上がり、畏まって礼を尽くそうとするに違いない。

「こんなことになったが、俺たちは予定通り明日シャティーラに帰国しよう。ハミードも帰りを待ち侘びてくれている。出立は午後四時だ。それまでに、きみはザヴィアでやり残したことがないようにしろ。きっと近いうちにまた訪れられるだろうが、心置きなく発てるに越したことはない」

「わかりました。そうします。お時間をくださって、ありがとうございます」

「大切なきみのためなら、お安い御用だ」

熱い言葉にジンとなったところを抱き寄せられ、口を塞がれる。

温かくて柔らかな感触に、ほうっと満ち足りた息が洩れた。

名残惜しい気持ちで唇を離すと、あやすような指遣いで優しく頰を撫でられた。心地よさにうっとりして睫毛を揺らす。

「朝食の前に、一眠りしたほうがいい。俺も実はあまり寝ていない。一緒に少し休もう。おとなしく、な」

わざと冗談めかして言われ、ほっこりして口元が緩んだ。

イズディハールの部屋のベッドで一時間半ほど寝た。

今度は夢も見ないくらいぐっすりと眠れた。イズディハールの温もりを直に肌で感じると、心の底から安らげる。もう知らなかった頃には戻れないとひしひし思う。

起きたときにはこれ以上ないほど頭も体もすっきりしていた。

一階に下りていくと、朝になっていつものように出勤してきた執事をはじめとする使用人たちが、荒らされた庭や屋内をすっかり元通りにしていた。書斎の窓ガラスも今日中に入れ替えるとのことだ。

「驚かれたでしょう」

紅茶を注いでもらっているときに話し掛けると、執事は「はい」と顔色一つ変えずに短く返事をする。

屋敷が惨憺たる有様になっていて、ついにこちらまでテロの標的になったのですか、とユーセフに顰めっ面で言ったらしい。全く動じてはいなかったそうだ。

「先ほどドハ少尉から新しい報告を受けた」

執事が下がり、食事室に二人だけになってから、イズディハールが教えてくれる。

「シヴコフ少佐は病院で脚の怪我を治療したあと、警察で取り調べを受けている最中なんだが、はじめは頑なに口を閉ざしていっさい喋らなかったらしい。だが、朝になって、任意で事情を聞かれたトリフォノフ大佐が、自分は全く知らないと関与を否定していると伝えたところ、一転して一連のテロ行為を認め、洗いざらい話しだした。二年前の、きみに濡れ衣を着せた事件についても、あれは自分がしたことだと認めたそうだ」

「では、私の容疑は……」

「ああ。綺麗さっぱり晴れた。明日にもユーセフ首相が謝罪会見を開くらしい」

ついにザヴィアでも身の潔白が証明される。

心臓が鼓動を速め、全身を喜びが駆け巡る。

「よかったです。誤解が解けて、本当に嬉しいです」

ここまで助けてくれ、支え続けてくれたイズディハールたちには感謝してもしきれない。

「明日、出立前にご祖父母に会っていくといい」

「はい」

この場は短く答えるだけにしたが、胸の内では別の大それた思いが生まれていた。今夜、イズディハールに言おうと心に決める。

願いは、たぶん叶う気がした。

＊

病院近くのフラワーショップで花束を作ってもらい、ジュールの病室を訪ねた。

濃いサングラスとキャップのおかげで、すれ違っても秋成に気づくものはおらず、ユーセフがジュールのために手配した特別室まで何事もなく着けた。

「こんにちは。お加減はいかがですか」

「秋成さん。来てくださったのですね。わざわざ申し訳ありません」

「あ、起きなくていいですよ。傷口に負荷が掛かるといけませんから」

「すみません。お言葉に甘えて、このままで失礼します」

麻酔が切れてからは、鎮痛剤を服用してもかなり痛みがあるらしく、我慢強い印象があるジュールも素直に秋成の言うことを聞く。

「花、綺麗ですね。ありがとうございます」

「あちらの花瓶を使わせてもらっていいですか」

備え付けと思(おぼ)しき花瓶に買ってきた花を生けると、病室が華やかになった。家具調のリクライニング式ベッドやチェストなどの備品に加え、大型のテレビやソファ、ローテーブルまで配された特別室は、ホテルの一室のようだ。

ベッドの側にも立派な椅子があったので、そこに座って話した。

「私にお聞きになりたいことがあるんですよね」

ジュールのほうから本題に入る。

「秋成さんがお見えになったら、隠さずお話ししようと思っていました」

枕に預けた顔を横に向け、ジュールは意を固めた眼差しで秋成を見上げる。

「昨晩の襲撃にお心当たりがあったのですね」

「はい」

ジュールは心苦しげに睫毛を伏せる。

「もうお気づきでしょうが、私はクーデター前まではマクシム・トリフォノフ大佐の側近でした。ユーセフ首相が選挙で圧勝され、いよいよ政府の体制が新しくなることが決まったとき、軍部の体制も変わるだろうからと、大佐に側近の任を解かれました。そのほうが私の将来に有利になるだろうと言われ、部下思いの情に厚い方だと感謝したのです」

「でも、本性は違ったのですね」

ええ、とジュールは自嘲するように唇を噛む。

「今にしてみると、大佐は私がユーセフ首相に好意を持っていることを見抜いていたのだと思います。ユーセフ首相も以前から私をご存知で、大佐と話をした際、話題に出たことがあったそうで、この機会に私を引き抜きたがるだろうと大佐に言われました。そして、その通りになったわけなのですが……」

ジュールはいよいよ辛そうに言葉を途切れさせる。

秋成は急かさず、静かに待った。

やがて、ふっ、と重苦しい息を洩らし、再び口を開く。

「特任秘書官になった私にトリフォノフ大佐は、上からの命令で首相の動向を監視し、報告しなければいけなくなった、と言ってきました。軍組織は現状を維持しなければ国家防衛の任に支障が出る、首相とは違う立場を取ることになったと。私にもその方針に従ってほしい、私にしかできない重要な役割がある、と最初はこちらの意思を尊重する言い方でした。ですから、なんとなく、すぐには断りにくかった。わかる範囲で教えてほしいと言われた内容もそれほど重要とは思えない事柄ばかりで、つい聞かれるままに話してしまいました。ところが、どんどんエスカレートしていって、機密に接触するようなことまで教えるように言われだしたので、これ以上スパイのような真似事はできないとお断りしました。……すると大佐は、以前打ち明けた私の秘密をネタに、脅してきたのです」

まるで人が変わったかのごとく悪どく無慈悲で、今までこんな人を信じ、感謝し、慕っていたのかと、頭上に爆弾を落とされた心地だったと言う。

「大佐の本性がわかり、私はまんまと利用されただけだったと知ったときには、抜き差しならない状況に追い込まれていました。それからは今までのような生ぬるい聞き方ではなく、この情報を取ってこいという厳命になりました。それで耐えられなくなって、秘密を暴露するならしてもいいと申し上げたのです。首相を裏切り続けるよりましだと思って。すると大佐は、首相がどうなってもいいのか、軍部には血の気の多い無頼漢が山といると意味深に言うのです。

その二日後に爆破テロが起きました」

さぞかしショックだっただろう。

「大佐は、あのテロは私に対する脅しが目的で、本気で首相を狙ったわけではないと言いました。そんな弁明、素直には信じられませんでしたが、とにかく二度と卑劣な実力行使はやめるようお願いしたところ、無頼な部下たちを抑えるためにも私からの情報が必要だと言われました。打つ手があれば従わせられると。大佐は弁が立ち、黒いものでも白だと言いくるめるのが得意です。私ごときに歯向かえる相手ではありませんでした。首相の極秘ファイルの内容が知りたいと言われ、それで最後にするからと。……結果は空振りでした。極秘ファイルと思われたものに綴られていたのは、すでに公表済みの資料でした。それを見て、私は悟りました。首相は私をお疑いだ。私は試されたのです」

秋成たちも偶然見たので、そのあたりのことは承知していた。

「たぶんバレていますと大佐に正直に言ったところ、わかった、とあっさり返され、拍子抜けしました。嫌な感じはしていたのですが、すぐに電話を切られてしまい、わかった、以外の言葉をもらえなかったので、今後どうなるのか判断できず、落ち着きませんでした。どうにも胸騒ぎがしてなりませんでした。そこで起きたのがあの急襲です」

「テラスにいらしたのは、そんな事情からでしたか」

「はい」

ジュールは鎮痛な表情で頷く。

「昨晩首相がご自邸にいらっしゃることは私が漏らしていました。明かりのついた書斎を見てあちらの窓から侵入したのだと思います。首相がよく夜半過ぎまで書斎に籠っていらっしゃるという話も、以前大佐にしたことがありました」

「それで刺されたとき、償いだとおっしゃったんですか」

「当然の報いだと思っています」

「私はそうは思いません」

「……秋成さん」

ジュールは目を瞠る。

「シヴコフ少佐は沈黙から一転して聴取に応じているらしいです。トリフォノフ大佐の命令でユーセフ首相を襲ったこと。マスウードの残党に爆弾を作らせ、会場に仕掛けた爆破テロ事件も、昨晩首相の私邸に侵入したのも、大佐に指示されたからだと」

「大佐は認めたのですか」

「いいえ。少佐の勘違いだと全面的に否定しているそうです。名誉毀損で訴えるとも言っているようですが、少佐は大佐から受けた命令を事細かに記録していて、現在それに基づいて裏固めをしていると聞きました」

「シヴコフ少佐が記録を？」

「意外ですよね。私も最初はそう感じました。失礼ながらそんな性格には見えなくて。どうやら、二年前にシャティーラで起きた一件が、当事者の少佐にも危機感を抱かせたようです」

秋成が無実であることは少佐が一番よく知っている。シャティーラ政府や軍幹部たちによって事実無根の罪を着せられるのを見て、今後、自分の身にも同じことが起きても不思議はないと警戒心を持ったらしい。

「では、少佐は秋成さんの無実も証言したのですか」

「はい。ようやく、私も嫌疑を晴らすことができました」

「そうでしたか。それは本当によかったです。ユーセフ首相もずっと気にされていました。最後は正しい者が勝つ世の中でなくては、夢も希望もありませんから」

「正直、私は半ば諦めていました。今はシャティーラに居場所があるので、もうこのままでも仕方ないかなと。でも、ユーセフ首相や殿下たちがなんとかしようとしてくださったから、この結果を迎えられたのです。感謝してもし足りません」

「人徳ですよ。秋成さんの」

ジュールはきっぱりとした口調で言う。

「ですから私も、秋成さんになら話していいと思ったんです」

「ひょっとして、昨晩途中になってしまった話、ですか」

「聞いていただけますか」

あらたまって前置きされて、秋成はしっかり首を縦に振る。

「もちろんです」

ジュールも横になったまま頷き返すと、おもむろにリクライニングをリモコンで操作して、背中の角度を変える。

「大丈夫ですか」

「ええ。このくらいなら」

寝たままでは話しづらかったらしく、負担にならない程度に上体を起こす。

自然と秋成もここから先の話を聞くにあたって身構えた。

「……私は、身体(からだ)は男で、生まれたときから周囲に男として扱われてきましたが、自分ではそうではありません。自分のことをどうしても女性としか認識できず、物心付く頃から心の中で違和感と闘っていました」

ああ、と全てに納得がいく。

「そういうことだったのですね」

トリフォノフ大佐の優しげで親身な振る舞いに気を許し、もしかするとほのかに好意のようなものも抱いていたかもしれず、大佐の誠意と人間性を信じて打ち明けたのが、この秘密だったのだ。

「驚かれませんね。トリフォノフ大佐もそうでした。元々容姿が中性的だとよく言われましたので、私がそうだとわかってむしろ腑に落ちる感じなのでしょうか」

それとも、とジュールは秋成に穏やかな眼差しをくれる。

「もしかして、秋成さんも……だったりするのでしょうか」

決して仲間を求めて縋(すが)っているわけではなさそうで、相手によけいな負担を掛けない配慮が感じられた。強い精神力の持ち主だと思う。

最大限に誠実に向き合わなくては、と気持ちを引き締めた。

「私は、そうではありません。ですが、近い部分はあると思います」

こんな話を誰かにするのは初めてで、考え考え、ゆっくりと、自分の気持ちを表しやすい言葉を選ぶ。イズディハールをはじめ、ごく限られた人々には、体の秘密自体は承知してもらっている。けれど、それによる心の問題については、ともすれば自分自身追求したことはないかもしれない。言葉にして伝える必要ができて、初めて己の心と向き合っている気がする。

「どういうことなのか、もっと伺ってもいいですか」

ジュールは真剣な態度で聞いてくる。

この期に及んで隠す気も誤魔化す気もなかったので、はいと頷いた。

「私は自分を男だとも女だとも観念づけたことが、実はあまりないように思います。そうしたアイデンティティに拘(こだわ)りが薄いと言いますか。日本で生まれて性別は男性だとして育てられ、それを信じてザヴィアの祖父母に引き取られましたが、本当は、男であって女であり、生殖的にはそのどちらでもない不完全な身体です」

「それは……。ええ、もちろん、そういう方がいらっしゃることは知っています。では、秋成さんは、ひょっとして……殿下の……？」

澄んだ目をこれ以上ないほど見開き、畏れ多そうに口籠る。

「騙していた形になってすみません。祖父母にもユーセフ首相にもまだ話せていませんが、シャティーラでは女性として国民の皆様に受け入れていただいています。私の秘密を知っているのは、殿下と、双子の兄弟で皇太子のハミード殿下、それから同行しているドハ少尉の三人だけです。ジュールさんが四人目になります」

「申し訳ありません」

さすがにジュールも動揺していた。勢いよく謝り、大きめの声を出したせいで腹部の傷に響いたのか、眉根を寄せ、布団の上からそのあたりを手で押さえる。

「そのような方々を差し置いて、私が先にお聞きするとは、無礼が過ぎました」

「いいえ、お話ししたのは私ですから。……それに、おかげで私も腹が決まりました。明日、帰国前に祖父母にもう一度挨拶に行くつもりなのですが、そのとき殿下を伴侶だと紹介したいと思いつつ、詳細に関してはまだ心を定めきれずにいました。紹介はするにしても、私は殿下の男性の愛人ということにするのか、それとも、ずっと隠してきた身体のことまで打ち明けてしまうか」

「どうされるのです?」

ジュールが自分のことのように緊張しているのを見て、秋成はふわりと微笑みかけた。

「話します。全部」

迷いのない口調で言い切る。

ジュールは息を詰め、少しして自分の中の蟠りも一緒くたにしたように深々と吐き出した。

「明日、今まで滞らせていたことにいろいろと決着をつけようと思います。とはいえ、世間にまで公表するつもりはありません。私の一存ではすませられない問題もありますから」

「そうですね。秋成さんのお立場を考えますと、それがよいと思います」

ジュールの表情もにわかに明るくなった。秋成の決意を聞いて、ジュール自身も柵から解放された部分があるのかもしれない。さばさばとした、いい顔をしている。

「秋成さんに触発されて、私も今とても清々しい気分でいます。トリフォノフ大佐に心酔し、精神的に雁字搦めにされていた状態から解き放たれたようです」

「大佐には、ずっと気持ちを寄せられていたのですか」

いささか立ち入り過ぎかとも思ったが、ジュールは気を悪くしたふうもなく答える。

「お側を離れてからは徐々に気持ちも薄まっていっていました。ユーセフ首相を知って、大佐の言動に少しずつ違和感を覚えだしたようです。ちゃんと見ていたのか、聞いていたのか、自分の頭で考えていたのか……自問自答することが多くなって。その矢先に脅迫めいたことを言われて、そこからはもう、違う感情が湧いていました。己の見る目のなさが、今となっては恥ずかしいです。こうなったのも自業自得だと思っています」

「ユーセフ首相のことは、どうなのですか」

この際だったので、そこまで聞いてみた。純粋に知りたかったのと、もしも勘が当たっているなら、応援したい気持ちがあった。

「……さぁ。……どう、なんでしょうか」

ジュールはぐらかしたが、頰がじんわりと朱に染まりだすのを見れば、それ以上聞くまでもなかった。

7

「ジュールに身体(からだ)のことを話しました。お会いした当初から、お互いなんとなく近しいものを感じていたようで、彼の話を聞くうちにそんな雰囲気になりまして」

「ああ。きみが納得した上でのことなら、俺が反対する理由はない。どう捉えられようと、我々の関係を隠さなければいけないとは、元々思っていないからな」

ジュールの見舞いから戻り、病院でのやりとりを話すと、イズディハールは最初からそうなると予測していたかのようにさらりと言った。

ジュール自身の秘密には触れずにいたが、そもそもイズディハールは他人の事情に無闇に踏み込むような人ではない。

「あなたは、ずっとこちらにいらしたのですか」

「いや。ドハ少尉と近郊都市まで足を伸ばした。きみが通った全寮制の中高も、門の外から見てきた。格式の高そうな学校だな。門も校舎も重厚かつ伝統的なスタイルで、さすが名門校だと思った。俺とハミードが通った学校と雰囲気が似ていて、全く知らない場所なのに親近感があったよ」

「そ、そうでしたか。卒業後は一度も訪れたことがないのですが、たぶんあまり変わってなさそうです」

学校を見られたからといって、秋成の学生時代を覗かれたわけではないとわかっていても、なんとなくこそばゆかった。あまりいい思い出はなく、あの頃の自分を知られるのはちょっと恥ずかしい。けれど、秋成自身もイズディハールの中学や高校時代には興味があるので、知りたい気持ちはよくわかる。

「いつか私もあなたとハミード殿下が学ばれた学校を見たいです。写真でもいいので」

「ああ。今度見せよう。きみの写真はないのか」

「ほとんどないと思います。自分では撮りませんでしたし、友達も少なかったので……隠し撮りされていたらわかりませんが、ちゃんと撮られることはめったになかったです」

「残念だな。まぁ、過去よりも、今きみがこうして私の側にいてくれることのほうが何倍も大切で尊いのだから、これからたくさん撮ればいい」

「はい。撮りましょう、一緒に」

いまだに甘い言葉を交わすときは照れくささが先に立ち、ぎこちなくなる。

イズディハールは屈託のない笑顔を見せ、嬉しさを隠さない。

「今夜アレクシスは、各方面との会談やら、明日の記者会見の準備やらで、帰宅しないそうだ。官邸に泊まって、最悪また徹夜らしい」

「今が踏ん張り時とはいえ、本当に激務ですね。そんな中、私のことにまで配慮いただいて申し訳ない気持ちです」

「きみの件は、国際的に認められた国家である以上、絶対に蔑ろにしてはならない重大な事案だ。そこはきみが気に掛ける必要はない。アレクシスにしてみれば当然の責務なのだから」

「はい」

　イズディハールの弁はもっともだったので、素直に受け止める。

「それよりアレクシスが気に掛けていたのは、出立前最後の晩餐を共にできず残念だということだ。確かに残念ではあるが、これが最後の機会というわけではない。次はシャティーラで会おう、ハミードともぜひ会ってほしいし、妻と一緒にもてなしたい、と言っておいた」

「そうですね。私も、次はきちんと自己紹介させていただきます」

　すでに心は決まっており、迷いは微塵もなかった。

　そして、話の流れに背中を押され、今晩話すつもりだったことを切り出す。

「明日、よろしければ祖父母宅にご一緒していただけませんか」

「その言葉を待っていた」

　イズディハールは唇の端を上げ、小気味よさそうに黒い瞳を輝かせる。

　一気に肩の力が抜けた。

「私が考えていることにお気づきでいらっしゃいましたか」

「ああ。きみのことは、ときどき、きみ以上にわかると自負している」

「……恐れ入ります」

やはりイズディハールには敵わない。それがまた嬉しかった。自分よりずっと器量の大きな人に包み込まれ、守られる幸せを噛み締める。男として少しでも近づきたい、対等でありたいと望むのと同じくらいそうした気持ちになることが、イズディハールと一緒になって増えた。

祖父母にはすでに、明日の午後帰国するので、その前にご挨拶に伺いたいと訪問の約束を取り付けてあった。

「アレクシスの会見は午前十時からだそうだ。ご祖父母にその報告もできるな。もっとも、以前からきみの潔白はわかっておられたようだから、今更かもしれないが」

「今までこの件については、お互いはっきりと口にしてこなかったのですが、先日ようやく少し伺えて、私も確信が持てました」

「ご祖父母はたいそう矜持の高い方々と聞く。反逆罪を理由に勘当した手前、あれは国家ぐるみの陰謀で、きみに掛けられた嫌疑は事実無根のでっちあげだったと、自分たちの過ちを認めるのは容易いことではなかっただろう。首相自ら正式に謝罪したとなれば、考えや態度を改めるまたとない機会だ」

「私も今まで逃げていたところがあります。ユーセフ首相がはっきりさせてくださることで、祖父母と向き合い、真実をきちんと話そうという勇気をいただきました」

「俺もいる」

短いが真摯で深い情の籠もった言葉に胸を打たれる。目頭が熱くなり、鼻の奥がツンとしてきて、平静を装うのに少し苦労した。

「これ以上なく心強いです。ありがとうございます」

「そう思ってもらえて光栄だ」

腕を引いて抱き寄せられる。

逞しい胸板に顔を埋めると、慣れ親しんだイズディハールの匂いに安堵し、満たされた心地になる。いつもつけているトワレが、時間が経つにつれてイズディハールだけが纏う香りに変化し、馴染んでおり、それを嗅ぐと共に過ごしてきた夜の営みが脳裏に甦ってきて、下腹部が疼く。イズディハールの背に回した手に力が入り、自分からもぎゅっと抱きついていた。

「今夜は俺の部屋で過ごそう」

長い指で秋成の髪を優しく弄びつつ、耳元で囁かれる。

色香の漂う声に官能を刺激され、ゾクゾクしてしまう。頸から脳髄と足元の双方に甘い痺れが走り、思わずあえかな息を洩らしかけた。

「……こちらから行こうと思ったところでした」

はにかみながら正直に言う。

「気が合うな」

ふわりと笑ったイズディハールは、スマートな爽やかさと、まだ三十前の沸るような情熱とを併せ持ち、またもや心をがっちりと摑まれた。

一緒にいると好きの気持ちがどんどん大きくなる一方で、そのうち身が保たなくなるのではないかと、幸せすぎる心配をしてしまう。

振り仰ぐとイズディハールと目が合った。

同時に微笑み、どちらからともなく顔を近づけ、唇を重ねた。

＊

シーツの上に仰向けに伸ばした体に、イズディハールがゆっくりと体重を掛けて覆い被さってくる。

入浴したてのしっとりとした肌を密着させると、互いの鼓動がはっきり伝わる。トクン、トクンと胸板が波打ち、キスをするとさらに体が熱を帯びてきた。

軽く啄んでは角度を変え、また唇を吸うじゃれ合いのようなキスをいくつもされ、手入れの行き届いた指で頰や額、耳朶、顎などに触れられる。

ときにはくすぐったり、つーっと線を描くように辿られたりして動きに変化をつけ、秋成の反応を見下ろして楽しんでいるようだ。

感じやすい部位はすでにたくさん知られているが、抱き合うたびに新たな弱みを探そうとするかのごとく熱心だ。

いったん口を離れた唇が、耳の裏から首筋にかけて滑り下り、鎖骨の窪みに舌を閃かす。手のひら、指、唇、舌などを使った丁寧な愛戯を体のあちこちに施し、徐々に体をずらしていく。

弱いところを責められるたびに、こらえきれずに艶めいた声が零れ、自分の洩らす喘ぎや息に羞恥を煽られる。

乱れた姿を見せるのは面映いが、与えられる刺激の心地よさには抗えず、口先だけで嫌と言いながら、本音はやめてほしくなくて、淫らに腰を揺すってしまう。

イズディハールもわかっているから愛撫を緩めない。

薄く筋肉のついた胸を手のひらで撫で回され、左右の突起を指で爪弾き刺激される。

凝りかけていた乳首は、そうやって嬲られるとたちまち硬度を増して尖り出す。まるで弄ってほしがっているように膨らみ、赤みを濃くして突き出たところを、口に含まれ、濡れた舌で舐められる。

舌先を尖らせ、穿るようにされると、全身にビリビリと電気を流される感覚が襲う。

たまらず、あっ、あっ、と悲鳴に近い声を上げて身悶える。

シーツを乱して身動ぎし、イズディハールの背中に指を食い込ませ、理性を保つ。どれほど感じているか明らかだろう。

「もっとよくしてやる」

イズディハールは秋成の潤んだ目尻に溜まった粒を人差し指で掬い取り、間近で目を合わせてきて、男の色香を溢れさせた顔で嘯く。自信と自負に満ちた、おそらく秋成にだけ向ける雄の表情だ。秋成の中の、征服されたい受け身の欲求に刺さり、身も心も昂ってくる。

「きみの好きなことをいっぱいしよう」

「……はい」

「俺の好きなことと同義だ」

「気が、合いますね」

まだ明るい時分にイズディハールが使った言葉を真似て言うと、イズディハールは愉快そうに笑い、秋成の唇を荒々しめに塞いできた。

唇の隙間をこじ開け、弾力のある舌が差し入れられてくる。

抵抗せずに受け入れると、口腔を余さず弄られ、舐め回された。

溜まった唾液も啜られ、いつものことながら淫靡さに頭の芯がクラクラする。口蓋を尖らせた舌先でチロチロとくすぐられると、じっとしていられず、顎を仰け反らせ、シーツに爪を立てた。キスはさらに濃厚になり、舌を搦め捕られて強く吸引され、眩暈がするような感覚に翻弄される。何がなんだかわからなくなりそうだ。けれど怖さや不安はまったくなく、我を忘れて悦楽に溺れたい気持ちが勝っていた。

絡ませていた舌を解き、名残惜しく唇を離す。濡れた口同士を透明な糸がしばらく繋いでいた。きっと今自分は蕩けそうな顔をしているに違いない。まだ少し頭がぼうっとしていた。

ぬめった唇を、肩や胸、脇、そして尖ったままの乳首に落としていきながら、片脚を担ぎ上げて割り開かれる。

雌雄の器官が備わった足の付け根に手を伸ばされ、いつものことながら軽く緊張する。

何度しても、秘めた場所に触れられることには慣れられず、毎回最初だけは往生際悪く脚を閉じようとしたり、腰を捻って隠そうとしてしまう。

脇や胸を弄られ、濃厚なキスをされて官能を高められたおかげで、脚の間はすでにぬかるんでいる。小ぶりな陰茎も張り詰めて形を変えており、握り込まれてちょっと擦り立てられたら簡単に極めそうだ。

「リラックスして俺に任せろ」

イズディハールに甘い声で優しく促される。

羞恥は失せないが、好きな人に身を委ね、一緒に気持ちよくなることを考えると欲情が高まる。イズディハールの言葉には媚薬のような効き目があった。

イズディハールの手にすっぽりと収まる陰茎を掴み取られ、やわやわと揉み拉かれる。

「あ……っ、あ、あっ」

脳天を貫くような快感に、声を抑えられない。

官能の波が間断なく押し寄せ、とびきり大きな波にさらわれ、高々と持ち上げられて波の背を激しい勢いで滑り落ちる。

まさにそんな感覚で、乱れた声を放ちながら達していた。

放った量は普通の男性と比べたら僅かだが、その分、女性的な極め方をする割合が高いため受けた快感は凄まじく、全身が痙攣するほどだった。

男性器の下に続く切れ込みもしとどに濡れそぼっており、指を入れて確かめられるのが死ぬほど恥ずかしかった。

イズディハールの長い指が、二本揃えて谷間に埋められる。

意識して締め付けているわけではないが、はじめのうちは窮屈らしく、少しずつ丹念に慣らされる。不完全な女性器より、後ろを使うほうがイズディハールも快感を得やすそうだが、最近は必ずこちらに入れてから後ろでもというやり方をするようになった。

「俺は欲張りなんだ。きみのすべてを俺のものにしたい」

イズディハールに求められるのは秋成にとって悦び以外のなにものでもない。あらゆる形でイズディハールを感じることが幸せだ。もちろんイズディハールにもいろいろな方法で法悦を味わってほしい。

中を掻き混ぜられるたび、グチュ、クチュッという水音が立つ。

耳朶を打つその音の卑猥さに頬が熱くなる。

蜜壺のようになったそこに、イズディハールの股間で猛っているものが入ることを想像し、ますます昂ってきた。

頃合いと見たのか、指が抜かれる。

開かされた脚の間に、イズディハールが身を置く。

腰に両手を掛けて引き寄せられ、先端をあてがわれた。

そのままグッと腰を突き入れ、潤んだ谷間に亀頭を沈めてくる。

張り詰めた雄蕊がゆっくりと進められてきて、上擦った声が出た。

イズディハールの一部が奥まで入ってくる。埋め尽くされ、内壁を押される感覚に、繋がって一つになっているのだという熱い思いが湧き、満たされる。

互いの股間がぶつかり、根元まで秋成の中に収まったことがわかった。

「愛している」

深々と貫かれたまま、しっかりと抱きしめられ、唇にキスされる。

再び舌を絡ませて吸い合いながら、腰も動かされて悦楽に喘ぐ。

太く硬いものを抜き差しし、奥を突き上げられる。

腰を両手でホールドされた状態で全身を揺さぶられ、あられもない声をいくつも放った。

上から見つめてくるイズディハールと目が合う。

秋成の表情や体の反応を気遣いながら、抽挿のスピードに緩急をつける。どんなに高まっていても独りよがりの行為にしない思いやりと優しさに、愛おしさが深まる。

イズディハールも気持ちがいいらしく、精悍な男前にゾクゾクするような色気が加わっている。うっすらと汗ばんできた顔、少し上がった息、悦楽に耐える表情、すべてがそれを表していて、秋成の官能をいっそう沸き立たせた。

「どうする？　このままがいいか、それとも？」

一際艶っぽいイズディハールの声にも感じて、痺れるような快感が襲う。

「後ろに……」

羞恥で最後まで言えなかったが、イズディハールはふわりと笑って、了解、と目で伝えてきた。こんなときでもかっこよく、いっそずるいと思ってしまう。これ以上好きにさせられたらどうにかなりそうだ。

繋がったままで腰を捻られ、横寝の体勢になる。

双丘の間を探り、慎ましく閉じた襞に、前方から溢れているぬめりを塗される。

後ろでの行為に慣らされた後孔はイズディハールの指を待ちかねていたように受け入れた。

秋成自身は前でするのも後ろでするのも抵抗はないし、同じくらい感じられて、どちらが好きということもない。聞かれたら、最後は後ろでと答えることが多いのは、そのほうがイズディハールがより行為しやすそうな気がするからだ。

未発達で複雑な造形をしたところに、欲情して凶器のような剛直を使うのは、どうしても加減しながらになっているのがわかり、秋成としては申し訳ない気持ちになる。イズディハールは決して言わないが、後ろでするときのほうが深い悦楽を得ているのは間違いない。

イズディハールを愛しているから、より多くの幸福を得てほしい。

指で慣らして寛げた後孔に、前から引き摺り出した陰茎を挿れ直す。

濡れそぼった肉茎は、柔らかくなった窄まりを割り広げ、狭い器官にズズッと入り込んできた。内壁を擦り立てながら一気に穿たれる。

狭い筒をみっしりと埋め尽くし、奥まで深々と貫かれて、堪えきれずに嬌声混じりの悲鳴を放つ。強烈な快感に見舞われ、体をのたうたせた。

「あっ、あっ、あ」

再び体勢を変えて、今度はうつ伏せにさせられる。

両膝を立てて腰を突き出すというはしたない姿勢を取らされ、背後から突き上げられた。

羞恥と法悦で何も考えられない。

突かれるたびに肌と肌がぶつかり合い、パンパンと淫らな音がする。

最奥まで穿たれた雄蕊を括れまで引き摺り出し、また勢いをつけて奥に戻す。それを何度も繰り返されて、惑乱しそうなほど感じさせられ続けた。

次第にイズディハールの息も乱れてきて、微かに声を洩らすようになってきた。

腰の動きが激しさを増す。

秋成も昂りきっていた。いつ意識を手放してもおかしくないほど、悦楽でもみくちゃにされている。

「秋成」

熱っぽく呼び掛けられ、荒々しく尻に股間を打ち付けられる。

グググッと亀頭で深いところの壁を押し上げられ、頭が真っ白になるような快感に意識をさらわれかけた。

自分のものとは思えない嬌声が喉から迸る。

秋成の中で動きを止めたイズディハールの肉茎がドクンと脈打ち、白濁を放ったのが察せられた。満ち足りた思いがして、喜悦に包まれる。

「秋成」

息を弾ませたまま、イズディハールが感極まったように唇を合わせてくる。

互いに昂奮が冷めやらず、交互に口を啄み合い、湿った息を絡ませ、後戯に酔いしれた。

離れ難い気持ちでイズディハールが出ていくのを感じ、汗ばんだ体を正面から抱き竦められて、胸板に顔を押し付ける。

「ありがとう。俺と結婚してくれて」

もう何度こんなふうに礼を言われたかしれない。

だが、イズディハールはことあるごとに秋成にそう言う。

言われるたびに胸が詰まりそうになって、涙が湧いてくる。

今も、さっそく目の前が霞んできた。

「私の言葉を、とらないでください」

声が震えてしまい、それだけ返すのが精一杯だ。

自分の人生はイズディハールと共にある。

そのことをひしひしと確信した夜だった。

＊

郊外に立つユーセフ首相の私邸を出たのは、ちょうど記者会見が始まった頃だった。

イズディハールが運転する車の助手席に座り、首都の中心部を挟んだ反対端にある祖父母宅に向かう。

祖父母にあらためて訪問の約束を取りつけた際、紹介したい方がいます、とだけ告げたところ、電話に出た祖母はしばらく保留にして祖父の意向を聞いている様子だった。しばらくして通話を再開させたのは祖父だった。連れてくるのはどこの誰だ、などとは尋ねてこず、それならブランチの用意をしておく、とだけ言われ、そのまま一方的に電話を切られた。怒っている

とか、不機嫌そうな感じではなかったものの、相変わらずの気難しさだ。

事情を話して、大丈夫ですか、とイズディハールに念のため確かめると、イズディハールはなんでもなさそうに「ああ」と即答した。どちらかといえば面白がっているようだった。たぶん、イズディハールなら祖父母が相手でも問題ないだろう。

普段はつけないカーラジオの電源を、イズディハールが入れる。

スピーカーからユーセフ首相の歯切れのいい声が流れてきた。

『シヴコフ元少佐の供述と、押収した証拠物件、および旧マスウードメンバーの証言から、我が国が二年余り前に国家反逆罪で国外追放処分にした秋成・エリス・K・ローウェル元大尉は無実であると断定し、ここに、第二十七代首相アレクシス・ユーセフの名前と権限をもって、ローウェル元大尉の無実を認め、名誉を回復すると共に、心からの謝罪を申し上げる次第である』

堂々としていて、聞き取りやすい声明だった。

自分の無実は自分自身が一番知っていたし、身近にいる大切な人たちもそれを信じてくれており、この二年間実生活には何の支障もなかった。

それでもやはり、この発表は重大かつ大切なもので、秋成一人の問題ではなく、支えてくれた人、信じてくれた人皆が待ち望んでくれていたのだと身に染みて感じられ、込み上げてくるものがあった。

思わず涙腺が緩む。

「よかったな」

イズディハールがステアリングから離した右手で秋成の膝をポンと叩いてくる。

「はい。よかったです。尽力してくださった全ての方に感謝しています」

膝に置かれた手を取り、心を込めて握りしめる。

あらためて、頼り甲斐のある、大きくて形のいい手だと思った。

この手が、指が、昨晩秋成にしたことを思い返すと、下腹部に残ったままの埋み火が疼く気がして、慌てて意識をよそに向けた。

「今頃ハミード殿下も向こうでこれを聴いているだろう」

「ハミード殿下にもお気遣いいただいて恐縮です。帰ったら一番にお礼申し上げます」

初めて話したときには、ハミードには心底嫌われていたし、テロリストの一味だと本気で疑われていたと思うが、今となっては秋成自身忘れているくらいハミードとの関係は変わった。

イズディハールに対するのとは違う意味で、ハミードが好きだ。寄せる気持ちは完全に家族に対するものだと自覚している。

「この件とは別だと思うが、ハミードから俺たちに話したいことがあるそうだ」

イズディハールの横顔を見ると、少し硬い表情をしていた。

なんとなくなんの話か察しがついたが、違っているかもしれなかったので、言葉にはせずにおく。代わりに「はい」とだけ答えた。

ユーセフ首相の会見は、メディアからの質問に回答する時間に移っていた。

質問の多くは、爆弾テロと私邸襲撃という首相を狙った相次ぐ事件に関することで、特に、陸軍のエリート将校マクシム・トリフォノフ大佐が、本当に事件と関わりがあるのかどうかに集中していた。

世間はこういうものだと、いっそ笑いが出そうになる。ザヴィアでは一市民に過ぎない身としては、むしろ関心が薄いくらいが都合がいい。現在はシャティーラが秋成の国なのだ。

イズディハールがスイッチを切る。車内が静かになった。このほうが落ち着く。

途中、都市間高速道路を走り、ローウェル邸には十一時前に着いた。

すっきり晴れた空と薫風が五月らしい日で、案内されたのは庭を望むテラスに設けられた席だった。

祖父母は先にテーブルに着いており、秋成とイズディハールを見ると、祖父が「こちらへ」と厳しい顔で促してきた。

祖父はイズディハールに無遠慮な視線を送る。品定めするような眼差しで、秋成はさすがにハラハラした。いかにイズディハールが温厚とはいえ、不躾すぎではないだろうか。祖父はイズディハールを異国の若造としか思っていないようで、自分のほうが相手に敬意を払われて当然だという態度だ。日頃国外のニュースなど見ないらしく、イズディハールを知らないのは仕方がないとしても、あまりにも無礼だとこちらの心臓が縮む。

当の本人は、秋成の心配をよそに、いたって快活に挨拶する。

「初めてお目に掛かります。イズディハールと申します」

「無実の罪を着せられたエリスの力になってくれたシャティーラ人は、あなたか」

対面した際の傲岸な態度はどこへやら、祖父は意外にも椅子を引いて立ち上がると、背筋を伸ばした矍鑠（かくしゃく）とした様子でイズディハールと向き合った。ユーセフ首相の会見内容を知っていたことも、発言からわかった。ひょっとして気に掛けてくれていたのか、と感謝の念が湧く。

「無事、容疑を晴らすことができてよかったです。本日こうして秋成のご祖父母にお目に掛かれたことにも、なにかしら運命を感じます」

イズディハールが差し出した手を、祖父は一瞬躊躇（ためら）いを見せたものの、礼節を重んじた恭しさで握る。

遅ればせながら、秋成もようやく理解した。

祖父は最初からイズディハールが何者なのかわかっていたようだ。その上で、極秘の私的訪問だと踏まえ、あえて身分には触れないでいる。

これが社交術であり、要人外交、つまり政治なのかと、目から鱗（うろこ）が剝がれ落ちた心地だ。

「どうぞ。お掛けになってくだされ」

「あなたもお座りなさい」

秋成にも祖母が声を掛けてくる。

立ったまま話すのもなんなので座ろう、とイズディハールに視線で示され、テーブルに着く。すぐに給仕が来て、ティーカップに香り高い紅茶をなみなみと注いでくれた。料理の皿も運ばれてくる。

「今日発たれるそうだが」

「はい。午後四時に。ユーセフ首相の事件もひとまずカタが付いたようですし、念願だった秋成の名誉回復も成し得ました。そして、ご夫妻にこうしてご挨拶できて、本当に心置きなく帰国できます。秋成を、あなた方のエリスをお返しできないことだけは、お許しいただきたい」

「返していただく必要などあるはずもない。勘当中にシャティーラで結婚して国籍を得たと聞いております。いまさら勘当を解くと言っても、エリスは納得しないだろう」

「解く気はおありなのですか」

イズディハールが畳み掛けると、祖父は決まりが悪そうに黙り込む。

先ほどから秋成は、祖父とイズディハールの間で交わされる会話に入っていくタイミングが摑めず、どうしようと困惑していた。自分のことが話題になっているが、ここはイズディハールに任せたほうがいい気もして、腰が引け気味だ。

祖母は端から口を出すつもりはないようで、静かにお茶を飲んでいる。居心地は悪くないのが救いだ。こうしたシチュエーションは初めてかもしれなかった。

「エリスには、辛い思いをさせた。儂が頑なだったせいで、若くして死んだ親不孝な娘に対する怒りを、そのままぶつけて冷遇し続けた。テロリストに加担するような人間ではないと知っていながら、世論に乗じて勘当した。解くも解かないもなかろう」

「秋成は、ご祖父母を恨んでなどいませんよ」

秋成に代わってイズディハールがきっぱりと言う。

「二月にクーデターが起きて、この屋敷を反政府側が占拠したとき、国外追放処分の身でありながら無理を押して帰国したのも、今回爆破テロが起きてやはりご祖父母に大事はないかと心配して再び来たのも、あなた方を血の繋がった唯一の家族だと思って大切にしているからです。そうだな？」

最後に秋成を見て同意を求めてきたイズディハールに、「はい」と返す。

そして、あらためて祖父母としっかり顔を見合わせた。

「あの状況では、勘当は致し方なかったと思っています。それはもう済んだ話として、こうして会っていただけたので、どうしてもお話ししておきたいことがあります」

「……なんだ」

祖父がぶっきらぼうに聞いてくる。目つきはきつかったが、不思議と情を感じて、言い出す勇気が強まった。祖母も固唾を飲むような表情で耳を傾けてくれているのがわかる。

「ここにおいでの方が、私が結婚した相手です」

祖父母は何を言われたのかすぐに理解できなかったようだ。無理もない。

「意味がわからないわ」

祖母が眉を顰めた。

「シャティーラでは同性婚ができるのか」

「今のところはできません。将来的にも、宗教的な観点からおそらく難しいでしょう」

イズディハールが答える。祖父は重々しく頷いた。

「ああ、そうだろうとも。では、どういうことだ」

秋成はイズディハールと視線を交わし、最後の勇気を受け取った。すっと息を吸って下腹に力を込める。

「今まで本当のことを言えずに、半分騙してきた形になっていて、申し訳ありません。私は生まれたときから人とは違う体でした。外見的な特徴から両親は私を男児として届け出ましたが、次第に違和感を覚え始めて、六歳か七歳頃には自分の特殊性に気づいていました。両親と一緒に医師と相談し、よく考えて私自身の意思で性別を選ぶ、決心がつくまではとりあえずこのままにしておこう、ということになりました」

祖母は驚きに目を瞠り、手で口を押さえたまま固まったようになっていた。祖父も微動だにせず空を見据えている。その表情は硬く、何を考えているのか想像しづらかった。

「ですが、私はどうしても自分を男か女かどちらかに決めることができませんでした。いちおう自分の中で、中学に上がるまでには選ぼうと決めていたのですが、十二歳のとき、両親が相次いで亡くなり、母の故郷から知らない男の人が私を迎えにこられて、それどころではなくなりました」

　おまえが男だからローウェル家の跡継ぎ候補として引き取ったのだ、と当時祖父に言われたこと。そのために体の秘密を隠し通して男として生きる決意をしたことは、さすがに言えなかった。言えば祖父母を傷つけるかもしれない。今それを言ったところで誰の益にもならないのなら、言う必要はないだろう。

「そうか。そういうことだったのか」

　しばらく沈黙が続いたあと、祖父が溜息を洩らし、独り言ちるように呟いた。

　そして、イズディハールに向かって言う。

「あなたは、むろん、すべてご存じの上で結婚されたわけですな」

「はい。外相の護衛でシャティーラに来た秋成を一目見て、この人だと思いました。そのときは軍服を着た美しい男性だと認識していたのに、どうしても忘れられず……悩みました」

「イズディハール」

　祖父母の前で馴れ初めを語るイズディハールに、秋成は顔を赤らめる。

「いろいろあって、秋成の体のことを知り、それ以外にも問題は山積みでしたが、弟の理解と協力を得て両親を説得し、結婚しました」

「あの、では、あちらではエリスは女性ということになっているの？」

祖母もようやく気を取り直したようだ。

「はい。あちらでは、私は、男装の軍人だったという理解のされ方をしています。元々、関係者の中にはそう疑っていた方も多かったようで、逆に腑に落ちたようです。私としては、やっぱり向こうでも半分嘘をついていることになるので、心苦しさはあるのですが」

「いずれ公表できればと考えないでもないですが、秋成を興味本位の目で見たり、スキャンダラスな記事にする者が大勢いると思いますので、当面はごく限られた人々にだけ知らせることにしたいのです」

「我々の口から外に漏れることはない」

祖父が断言する。

「そう思って、今日お話ししました。そうだな、秋成？」

「はい」

これで、もう祖父母に隠していることはない。十二歳でザヴィアに来てから十五年間、自分だけの胸に閉じ込めてきた秘密を、ようやく話すことができた。解放されて、身も心も軽くなった気分だ。

初めは驚いて声も出ないようだった祖父母も、全部聞き終えたあとは、不思議と知る前より落ち着き払っているようだった。

「なんだか、すっきりしたわ」

祖母が祖父を見て、言葉通りにサバサバした声で言う。

「話が終わったなら、食事だ。おまえたちもしっかり食べて行け」

あくまでもぶっきらぼうな言い方だったが、イズディハールを最後まで殿下扱いしない祖父の肝の据わり方が爽快だった。

イズディハールも同様に感じていたらしい。

「また二人で訪ねてくるがいい」

「アラブの男性は公式の場ではたいてい被り物をされているから、スーツにサングラス姿だとまずどなたかわからないわ」

祖母の発言には、ユーセフ邸に戻る車の中で、思い出し笑いをしていた。

「痛快なご夫妻だ」

どうやら祖父母をいたく気に入ったようだ。

「相当気丈で、豪胆な方々のようだから、この先も、たいていのことには動揺せず、ドンと構えておいでなのではないか。ただ、お年には違いないので、これからもできる範囲で気に掛けて差し上げるといい。将来のことは、ワシルがしっかりしてくれることを願うばかりだな」

「そうですね」

ワシルが真面目にローウェル家を継いでやっていってくれるよう、秋成も祈る気持ちだ。

「ありがとうございました。祖父母に会ってくださって」

あらたまって礼を言う。

「なに。きみのためだ」

イズディハールは秋成の肩を軽く叩いた。

「さぁ。シャティーラに帰るぞ」

「はい」

自分でもびっくりするほど潑剌(はつらつ)とした声が出た。

*

軍用空港のエプロンに、出発準備が整ったプライベートジェットが駐機されている。

機体の近くで軍が手配してくれた送迎の車から降りると、見送りのために整列した数名の空軍兵の中の一人が、口元ににこやかな笑みを湛(たた)えて歩み寄ってきた。

「アレクシス」

イズディハールがすぐに気づき、予想外の出来事を喜ぶ。

軍帽と濃いサングラスで顔はほぼ隠れている上、空軍士官の制服を着用したユーセフ首相がよく一目でわかったなと感心する。

「目が回るほど多忙だと言っていたのに、わざわざ見送りに来てくれたのか」

「一瞬抜けてきただけだ。すぐ官邸に戻らなければいけないが、到着の際にも出迎えに行けなかったので、せめて見送りだけはしたかった」

「それで、きみだとバレないように変装を？」

「きみたちを見習ってね」

ユーセフは楽しげに唇の端を上げる。

「ユーセフ首相。会見でのお言葉、ありがとうございました」

帰国前に直接お礼を言うのは無理だと残念に思っていたので、まさかの機会が嬉しかった。

「むしろ、名誉回復するまでに二年以上かかってしまって、私のほうが腑甲斐なさを詫びなければいけない立場だ」

「いいえ。ユーセフ首相には本当によくしていただきました。おかげで祖父母とも関係を修復でき、大切な話をすることができました」

「そうか。それはよかった」

情のこもった言葉が胸に沁みる。

「昨日はジュールを見舞ってくれて、私からも感謝する。聞きしに勝る射撃の腕前だな。殿下もきみが側にいれば、さぞかし心強いだろう」

「ああ。だから秋成は一生離さない。シャティーラの、いや、それ以前に、俺のものだ」

イズディハールがそこまで言うのを聞くと、もういっそ何もかもユーセフに話してもいい気持ちになる。ジュールに話せて、ユーセフには話せない理由はもはやない気がした。

「大胆だな、殿下は」

ユーセフが苦笑する。

そして、すぐにふっと表情を引き締め、続けた。

「だが、私にもなんとなく察しはついている」

どうやら冗談ではなさそうだ。

イズディハールも本気だと受け取った様子で、真面目に応じる。

「ならば、近々シャティーラを訪問してくれ。そのとき答え合わせをしようじゃないか」

「いいとも」

ユーセフは気安く請け合う。小気味よさそうに口角を上げた表情が、有言実行を約束しているようだった。実際、ユーセフは本気で言ったに違いなかった。そういう人だ。

名残惜しかったが、そろそろ搭乗しなければいけない時刻になった。

プライベートジェットのタラップの脇に控えていたドハ少尉と目が合う。

イズディハールも気づいて、ユーセフと別れのハグを交わす。

秋成も同様にした。

「お世話になりました」

「これからもお幸せに、秋成」

ユーセフはハグをしたまま、最後の最後に言い添える。

「殿下の側にいるきみには、銃より花のほうが似合う」

虚を突かれ、どういう意味で言ったのか聞こうとしたときには、ユーセフはすでに何食わぬ顔で見送りの並びに戻っていた。

「行こう」

イズディハールに促され、四段ほどの短いタラップを上がる。

タラップはまもなく引き上げられて、航空機のドアとして閉められた。

シートに座ってベルトを閉め、窓から外を覗くと、横一列に並んだ空軍兵たちが敬礼してくれていた。一番端にユーセフがいる。見事に兵士たちに溶け込んでいて、頬が緩む。

乗務員から離陸のアナウンスがあり、機体がゆっくり動き出す。

十分後には滑走路を離れ、空を飛んでいた。

シャティーラの首都にあるミラガ国際空港までは四時間弱の行程だ。

前回は同じ区間を王室専用機で航行した。

そのとき機内で、サニヤが予定日より十日ほど早く産気づいたという知らせを受けたのだ。

思い出すとせつなさが込み上げる。

国王の初孫となるハミード皇太子の第一子は無事に産まれたが、病気を隠していたサニヤはそれから一月半余り後に亡くなった。

まだあれから二ヶ月ほどしか経っていない。

ハミードはそれまで通りの平常に戻ったかのごとく振る舞い、嫌味や皮肉を言って相変わらずだと印象付けるが、本当のところはどうなのか。天邪鬼(あまのじゃく)なところのあるハミードは、なかなか本音を見せてくれず、安易に大丈夫だと思ってはいけない気がする。

先週のオアシス都市への小旅行が少しでも気晴らしになったならいいのだが、そう簡単に気持ちを立て直せるとも思えない。

「先ほどハミードに無事帰国の途に就いたと連絡した。明日の午後訪ねるそうだ」

「お話があると仰(おっしゃ)っていましたよね」

ハミードが何を話すのか、ずっと気になっていた。

「ああ」

イズディハールも心に引っ掛かっていたようだ。

とにかく帰国してからだと、逸(はや)る気持ちを抑えた。

8

約束通り、ハミードは夕刻にふらりとイズディハール邸を訪ねてきた。

カラハ沙漠のオアシス都市ダルアカマルで短い休暇を過ごしたあと、王宮に戻ってからは公務が続いて慌ただしくしていたようだが、見たところ変わりなく元気そうだ。突っ慳貪な態度や、秋成に対する皮肉や揶揄混じりの物言いも相変わらずで、少しホッとする。

ハミードには斜に構えたくらいでいてもらうほうが、らしくていい。

出会った当初は、冷ややかな態度できつい言葉を投げつけられることが多く、よほど嫌われているのだなと落ち込むこともあった。ハミードという人物を知るにつけ、情の深い正義感で裏表のない性格なのがわかり、不器用ゆえにぶっきらぼうなところがあるが、悪意はないのだと理解でき、見方が変わった。今では、嫌味を言われても、かえって張り合いがあって楽しいと思えるほどだ。

消沈し、後悔に苛まれているハミードは見ていて辛い。かといって、無理に明るく振る舞われても心配だ。

話せることは話してもらい、苦しさや迷いや悩みがあれば、イズディハールと共に、一緒に聞いて考えたい。プライドが高く、意地を張りがちなハミードのことだから、弱っているところを見せるのは抵抗があるかもしれないが、自分ではどうしようもないときくらいは周囲を頼ってほしい。

サニヤの死以来、ずっとそう思っていたので、ハミードのほうから話があると言ってきたと聞いたときは嬉しかった。ハミードが今どんな心境でいるのか知りたい。話の内容次第では、新たな問題や展開に見舞われることになるかもしれないが、ハミード一人を悩ませたり、考えさせたりするよりよほどいい。

三人で——という言葉が浮かぶたびに、自分なんかが双子(ふたご)の固い絆(きずな)の中に入り込めるはずもない、烏滸(おこ)がましいと、己の厚かましさに恥じ入るのだが、イズディハールのおまけとして傍(そば)で見守らせてもらえたらと思う。ハミードにも今まで何度となく助けてもらったし、イズディハールの大切な片割れだと承知しているので、とても他人の気がしない。

「ザヴィアでは完全勝利に近い成果を上げてきたそうだな」

顔を合わせるなり、ハミードは秋成を冷やかすように見て、すぐにイズディハールに視線を移す。

「さすがは兄上」

このわざとらしい言動がハミードらしくて、苦笑しながらも顔が綻ぶ。

「今日はもうこの後用事はないのか」

「ええ。お邪魔でなければ、夜中までいますよ」

ハミードはニヤリと笑って両手を広げてみせる。上質な絹を用いた白い長衣の上に、黒地に銀糸で装飾を施した上着を羽織り、頭にはカフィーヤを被った姿は、威風堂々としている。まさに中東の王族の貫禄十分だ。できるだけ民族衣装を纏うのはハミードの昔からの拘りだそうで、洋装と半々のイズディハールとの見分け方として、多くの人々が挙げるのがそこらしい。

「ならば、晩餐後に一本開けるか」

「いいですね」

「きみも付き合うだろう、秋成」

イズディハールが振ってくる。

常識的で真面目、倫理観もあってめったに羽目を外さないイズディハールの、唯一と言っていい不法行為が、極秘ルートで入手したワインを嗜むことだ。これにはハミードもおおいに加担している。アメリカに留学していたとき二人してはまったそうだ。元より秋成は欧州育ちで飲酒に抵抗はない。

「はい。ご相伴に預かります」

晩餐中はザヴィアでのことを主に話し、話題の中心は秋成になりがちだった。

話の流れに従い、祖父母についに身体のことを打ち明け、イズディハールを伴侶だと紹介したことも、秋成自身の口からハミードに知らせた。

「そうか」

ハミードは薄々予想していた展開だったかのごとく頷き、よかったじゃないか、と秋成に労(ねぎら)うような眼差しをくれる。

「何はさておきザヴィアでの名誉回復、そして、長い間抱え込んできた秘密をなくせたこと、ご祖父母との和解、行った甲斐があったな。首相を狙ったテロを企てた旧体制派の陸軍将校たちも逮捕されたと聞いている。気掛かりが一気に減っただろう」

「おまえが俺たちを快く行かせてくれたおかげだ」

イズディハールが襟を正して礼を言う。

「そんなふうに改まられると、かえって心地悪いです。俺もいろいろと気になっていましたから、お二人が内々に様子を見てきてくれて、我が国の取るべき姿勢がいち早く明確になって助かりました。まぁ、陛下には内密にしたままですが」

国内での根回しと隠密(おんみつ)行動の隠蔽は、ハミードのフォローあってこそ可能だったのだ。

「また一つ、おまえに借りができたな」

「水くさいですよ、兄上」

ハミードは屈託なく言って、料理に舌鼓を打ち健啖家(けんたんか)ぶりを示す。それを見る限り、精神的にも肉体的にも支障を来している様子はない。

話とはなんなのか気になるが、それはこの後、居間かどこかに場所を変えて、ワインを飲みながらするつもりらしく、イズディハールもあえて触れようとしていない感じだった。二十名ほどがテーブルに着ける晩餐室は、侍従や執事、給仕の出入りも頻繁で、折り入って話すような話題は不向きだ。

三時間近くかけてゆっくりと晩餐を楽しんだあと、イズディハールの書斎兼私的な居間に移動した。

座り心地のいいどっしりとしたソファがローテーブルを囲むように配されており、呼ばない限りここには誰も来ないので、人目を気にせず寛げる。イズディハールの秘密のワインセラーもここにあった。

イズディハールがとっておきだと言う赤ワインをハミードに手渡すと、ハミードはソムリエナイフを使い、慣れた手つきであっという間にコルクを開けた。留学時代からこんなふうにして兄弟で楽しんでいたのだろうと想像されて微笑ましい。本当に仲のいい双子だ。

双子の兄弟が三人掛けのソファの端と端に座り、秋成は近くの安楽椅子に腰掛けた。

ワイングラスをゆっくりと回し、一口飲む。それほど詳しくないので上手(うま)く言えないが、ビンテージらしい奥行きと深みのある味がする。

イズディハールとハミードは三人で乾杯したあと、さらに二人でグラスをカチリと触れ合わせ、そのままアームレストに凭(もた)れて体を斜めにし、互いに向き合う格好になった。

「サニヤの国葬が終わって、そろそろ二ヶ月経つ」

おもむろにハミードが切り出した。

静かで穏やかな口調で、すでにさまざまな感情を自身の中で噛み砕き、昇華させたのであろうことが察せられた。哀悼の意を捧げながらも、生きている者は先に進まなければならない決意が感じられ、ハミードの気持ちを想像すると心を打たれる。イズディハールはきっと秋成以上にそれを感じているだろう。

「メディアもすっかり落ち着いてきた……と言いたいところですが、連中の関心はさっそく、俺の次の相手は誰かということに向いてきたようです」

「確かにその風潮はあるな。その手の記事がまた増え始めたようだ」

イズディハールは顰めっ面になる。

「彼らも仕事ですから仕方がないと理解してはいますが、あまりしつこくされると公務に集中できませんし、お妃候補だなんだと勝手に推測されて取材攻撃にさらされている名家のお嬢様方にも迷惑がかかる」

「ああ。本当に困ったものだ。その時が来ればこちらから会見すると言っても、スクープ合戦が止まない」

イズディハールも秋成と結婚するまではずいぶん悩まされたらしい。

「それで、彼らに公式に釘を刺すつもりなのか？」

しばらくそっとしておいてほしいとハミードが思っていることは、身近に接する機会のある者は、皆承知している。メディアを通してその意思表示をするのかと秋成も思った。

「はい。とはいえ、そのためだけの会見を開くのは大袈裟ですので、来月の、兄上と一緒に臨む誕生日会見の席で、俺からの要望として国民にお願いする形で発言しようと考えています」

「もちろん、俺はかまわない」

イズディハールはすぐに承知する。

話というのはこの件だったのかと、正直ちょっと肩透かしを食らった気分ではあったが、とりあえず秋成も納得した。

だが、実はここからが本題だったことが、ハミードの次の言葉でわかった。

「会見では、今後のことは自然の成り行きや縁に任せたいと述べて、時期などにはいっさい触れず曖昧なままにしておくつもりですが、本音を言うと、俺はもうこのまま独身を通すと決めています。むろん、将来運命的な出会いがあって、前言を撤回する可能性がないとは言い切れませんが、今のところは、その予定です」

「ハミード。今は、そういう心境になるのは、無理もないと思う」

イズディハールは慎重に、言葉を選ぶようにしながら受け答えする。

秋成が口を挟む余地はなかった。不用意に挟めば、話が複雑になる気がした。

「先のことはわからないと、おまえ自身が言うようにな」

「わからない、それはそうです」

ハミードのほうは、どこか達観した雰囲気で、口調も軽い。軽いが、自棄を起こしてなりふり構わなくなったとか、考えるのを放棄したといった感じは微塵も受けず、熟考を重ねた末の決断で、自分自身これ以上ないほど満足して清々しい気持ちでいるのが、表情からも伝わってくる。ここまでの境地に至った以上、簡単には揺るがないであろうことは想像に難くない。

イズディハールにもすぐにそうとわかったようだ。何か言いたそうだった表情が消え、いつもの落ち着き払った穏やかな顔に戻る。ハミードの気質は誰より知っているはずなので、これはもう、受け止めるしかないと悟ったのだろう。

「しばらくは、子育てに専念しようと決めました」

三人の間に降りた沈黙を破るようにハミードが屈託なく言う。

「王家の子供は、中学校に通う年齢になるまでは両親と引き離されて、侍従や乳母たちに傅かれ、各分野の専門家が家庭教師となって養育される——それがしきたりですが、俺は自分の子供にかまいたい。やはり、幼少期に父上や母上になかなかお会いできなかったのは、寂しかったんですよね。日常的に向き合う機会が増えてからも、畏怖や敬愛ばかり感じて、甘え方なんかはさっぱりでした。どこか他人と接しているようで、今もその感じは正直あります。あの子は、アミール王子は、ただでさえ生まれてすぐ母親を亡くしているので、せめて父親くらいは父親らしいことをしたほうがいいのではないかと思ったんですよ」

「確かに、子供の頃は寂しかった。俺にはハミード、おまえがいたからまだよかったが、弟たちを見ていると、かわいそうだと思うことがあった。親から引き離して育てるのはいささか時代錯誤の教育方針ではないかという気もするしな」

「ええ。と言っても、今はまだ生後三ヶ月ですから、乳母に委ねなければ俺では育てられもしません。ときどき顔を見に行く程度のことしかできそうにないですが」

「成長されるのが楽しみですね」

想像するだけでほっこりとする。ハミードはきっといい父親になるだろう。案外子煩悩のようなので、しっかり面倒を見そうだ。

「ああ。正直、子供は好きでも嫌いでもない程度の認識で、生まれるまではあまりピンとこなかったんだが、血の繋がった自分の子だと思うとやはり愛おしい。楽しみもひとしおだ」

ハミードは感慨深そうな顔をして目を細める。父親の顔だと思った。

急にハミードが、これまでとは違う存在になったようで、ドキッとする。

「しきたりを変えていくことには、陛下が賛成してくださるかどうか、これから話し合わねばなりませんが、昨今は世の中の常識がいろいろと変化していますから、最終的には親である俺の意志を優先していただけるのではないかと思います」

「おまえの考えを尊重して、融通を利かせてくださるのではないか。陛下は聞く耳をお持ちの名君だ。おそらく、結婚のことも、無理強いはなさらないはずだ」

「サニヤが世継ぎの王子を遺してくれましたからね。そうでなければ、たとえ陛下がお許しくだったとしても、議会や国民が問題視する。義務を果たさないなら第三王子を皇太子にしろと騒ぎ立てるでしょう」

「それを回避できる状況で幸いだ。サニヤには心の底から感謝している」

「私もです」

イズディハールが秋成を見て頷く。

「俺たちはおまえの味方だ。これからはおまえ自身が納得できる生き方をしてほしい。応援する。元々、俺はおまえに一生かかっても返せないほど大きな恩がある。報いたい」

「ありがとう、兄上」

ハミードはしたかった話をして、それに反対されなかったことに安堵したようだ。ほうっと大きく息をつく。

「今夜は泊まっていかないか。まだ積もる話もある」

「俺も話し足りないので、お言葉に甘えます」

兄弟二人のやりとりを聞いて、秋成はワイングラスを手に安楽椅子を立つ。ちょうど飲み終えたところだった。

「私は先に休ませていただきます。ハミード殿下、明朝またお目にかかれましたら光栄です」

「行くのか。べつに我々に遠慮する必要はないが」

ハミードに引き留められたが、ここはイズディハールに任せて自室に下がることにする。

秋成がいると話しにくいこともあるだろう。

なんとなく、ハミードはまだ本心をすべて明かしてくれていないようで、秋成がこの場に居続けるのは無粋な気がした。

＊

秋成が先に部屋に引き揚げたあと、ワインをさらにもう一本イズディハールと二人で開け、日付が変わる頃まで話した。

生まれたときから一緒に育ち、大半のことを共に経験してきた仲だ。気心は知れているし、一卵性の双子ならではの通じ合いが確かにあって、強い絆で結ばれているのを常から感じている。言葉にしなくても、目を見れば相手の気持ちがわかるというのは、過言ではない。

だからこそ、あえて口に出さないこともある。

たぶん、イズディハールには、今夜ハミードが本当に言いたかったこと、今後の決意の真意が伝わったはずだ。

そろそろ寝るかとなって、イズディハールと就寝の挨拶を交わし、書斎を出たが、ハミードはすぐには客用の寝室に向かわなかった。

夜風に吹かれながら少し庭を散策する。

ところどころ常夜灯が照らす奥庭は花が咲き乱れ、甘い香りが鼻腔をくすぐった。芝生はビロードのような美しさだ。

遊歩道をゆっくり、ゆっくりと歩きながら、空に懸かった三日月を見上げる。

静かな庭に一人でいると、頭が澄み渡るようだ。

自分の決意は正しかったのだと思えて、心強さを感じる。

イズディハールと秋成がザヴィアに行っていた間、ずっと、真摯に考え続けていた。

今夜、二人の前でも話したとおり、この先もう誰とも結婚する気はない。当面という可能性も否定せずにおいたが、自分の中では一生涯の決意ができている。ただ、絶対とはさすがに言い切れず、もしかすると、秋成以上に愛せる人が未来に現れないとも限らない。そのときは、そのときだ。

だが、今は、そんな奇跡が起きるとは信じがたく、己の心に従う選択をした。

イズディハールと秋成の間に割り込むつもりはない。そもそも、割り込めるとは思っていない。あの二人は本物だ。互いに愛し合っている。

昔からハミードは、兄には敵わないと嚙み締めることが多かった。同じ顔、同じ体、能力もほぼ変わらない。得意分野は若干違えども、甲乙付け難いと周囲には評されてきたが、幼い頃から帝王学を叩き込まれてきたイズディハールは、辛抱強さや徳の高さで抜きん出ており、一介の王子として育った自分とは一線を画している感がある。奔放でヤンチャなのが次男、と側近たちからは区別されてきたようだ。当たっていると認めざるを得ない。だから、秋成がイズディハールを好きになったのは当然だ。一方でハミードは酷い言動ばかりしていた。嫌われずに、義弟として親しんでくれているのは、秋成の優れた人格ゆえだ。

今さら秋成以外愛せないと横恋慕したところで、どうなるものでもない。

一度は自棄になって、勧められるままに好きでもない女性と婚約までした。元々はイズディハールを狙っていた幼馴染みの女性で、最初からお互い打算しかなかったのだが、彼女があろうことか秋成に害を成したので、即刻婚約解消した。おかげでますます秋成に対する想いの深さを自覚することになり、いよいよ気持ちの上で抜き差しならぬところに嵌まってしまった。

決して手に入らない人を好きになったら、理性との闘いだ。初めから勝負にもならないが、相手はこの世で最も敬愛する双子の兄で、裏切ることなど考えられない。

行き場のない気持ちを抱え込み、押し潰されそうになりながら、精神的に疲れ果てたところを一晩の癒しで救ってくれたのが秘書官だったサニヤだ。

神の気まぐれか慈悲か、サニヤがたった一度の交歓で妊娠したと知ったときには、これも運命だろうかと思い、結婚を考えた。子供に対してだけでなく、サニヤにも責任を取るべきだと覚悟を決めた。もちろん、嫌ではなかった。愛しているかと聞かれたら、嘘はつけないが、情はあった。しかし、彼女ともやはり縁がなかったのだ。

二度の破局を経て、ついに腹を括った。

もう自分の心を偽ることはできない。

心は自分一人のものであり、誰にも侵せない領域だ。

その中でだけなら、秋成を想い続けても許されるのではないか。

誰もが納得のいく結論はそれしかない。心の中は自由だ。現実には指一本触れられないとしても、好きでもない相手と心のない結婚をしてお互い満たされない人生を送るより、そちらを選ぶ。

決めたら、我ながらびっくりするほど精神的に楽になれた。

今も、身も心も軽い。

このことはイズディハールにも秋成にも言わない。自分の胸に収め、墓場まで持っていくつもりだ。

俺の人生は、それでいい。

＊＊＊

芝生に出されたガーデンテーブルで、英国式アフタヌーンティーの準備をしていると、イズディハールと連れ立ってハミードがフランス窓からテラスを通って庭に下りてきた。

「待たせたな、秋成」

「アミールがいきなりぐずりだして、襁褓(おむつ)を換えていた」

「おまえの新米父親ぶり、興味深かったぞ」

「何もかも手探り状態で、乳母や看護師たちに助けられてばかりです」

民族衣装姿のハミードの左腕に、軽々と抱えられたアミール王子は、泣いていたとは思えないほどご機嫌な様子で、秋成を見ると、小さな手を伸ばしてきゃっきゃっと楽しそうに声を上げる。

「おい、おい。さっそく秋成の抱っこをご所望か」

ハミードが苦笑いする。

「替わりましょうか」

秋成が近づいていくと、王子はますますはしゃぎだした。

「ああ。向こうで少し遊ばせてくれると助かる。悪いな」

「アミール殿下のお相手をさせていただけて光栄です」

すでに身を乗り出している王子を、両手でしっかりと受け取る。

「また重くなられましたね」

子供の成長は早い。先々月王宮で会ったときにも抱かせてもらったが、あれからさらに身長も体重も増えている。

秋成に応えるように、一歳と三ヶ月になった王子はにこにこと笑顔を見せる。

手入れの行き届いた芝生に注意深く下ろすと、秋成と手を繋ぎ、ふくふくした足でしっかりと歩き出す。とことことこと可愛い。微笑ましさに頬が緩む。

子供がこんなに可愛いと知ったのは、ハミードがことあるごとに息子を連れてきてくれるようになってからだ。それまでは、縁がなくて触れたこともなかった。

ときどき、自分も子供を授かれたら幸せだったかもしれないと想像し、イズディハールをハミードと同じように父親にしてあげられないことに申し訳なさを感じもする。

けれど、それは、イズディハールにはっきりと「俺にはきみがいる」と言われ、泣くほど嬉しかった。実際、イズディハールの胸で泣いた。

「俺は最近、今のこの、三人とアミールという形が、俺たちにとっての解なのかもしれないと思うことがある」

ガーデンテーブルに着き、こちらを見ながらハミードと話すイズディハールの声が、秋成の耳にも届く。

「俺もです」

ハミードが相槌（あいづち）を打つ。

気のせいか、少し感極まっているようにも聞こえた。

今日は兄弟共に、豪奢（ごうしゃ）なアラブの民族衣装を纏っている。王宮で公務があり、その帰りにイズディハールがハミードをお茶に誘ったのだ。それなら、とハミードがアミール王子も連れてきてくれた。

光沢のある白い絹地の長衣を纏い、頭に被り物をした、遠目には同じにしか見えない双子の兄弟が、微笑みを交わしながら、幼い王子と戯れる秋成を眺めている。

これもまた紛れもなく家族の形なのかもしれない。

秋成にもそう思えた。

「あーあ、あ、えりしゅ……」

アミールに舌足らずにえりしゅと呼ばれ、「なんでしゅか、殿下」と合わせる。

「しゅき。だいしゅき」

自分で言って、きゃあっと照れ、小さな手で顔を隠す。

反則級の可愛さに胸をぎゅっと摑まれ、嬉しさのあまり王子を抱きしめる。

「早くもライバルが増えたようだぞ」

「そうなる予感はしていました」

イズディハールたちが苦笑いしているところに、執事が給仕二人を伴い、銀盆を手にやってきた。紅茶と、スコーンやサンドイッチ、ケーキなどがテーブルに並ぶ。

「秋成、殿下」

イズディハールに呼ばれた。

王子に合わせて屈み込んだままそちらに顔を向けると、同じようにこちらを見ている二人と目が合った。

「はい。今行きます」

日本で言うところの五月晴れの清々しい空に、秋成の声が凛と響いた。

あとがき

「砂楼の花嫁」シリーズ、本作をもちまして、ついに完結いたしました。

一作目の発刊が二〇〇八年でしたので、ちょうど十五年かかったことになります。十五年間で五作というのは実にスローペースだなと我ながら思いますが、今はとにかく完結させられてよかったの一言に尽きます。

元々は一冊読み切りのつもりだったものが、読者の皆様の応援と、編集部のご尽力で五冊にまで膨らみ、自分的に納得のいく形でエンドマークをつけられたこと、本当に感謝しています。あらためまして、ありがとうございます。

砂漠の国の同じ顔をした双子の王子、訳ありの美貌の主人公、三角関係、アラブ衣装に軍服、花嫁もの、といったように盛りに盛った設定の話を書く、というのが当初のテーマ（テーマ?）で、いささか詰め込みすぎたなと思わないでもなかったのですが、こうして五冊書き上げてみると、全部の設定がこの物語を終わらせるのに必要だったなと感じられて、なんとも不思議な気持ちでいます。

双子の王子と秋成、物語の結末には読者様それぞれに感じ方があるかと思います。

二作目「花嫁と誓いの薔薇」、三作目「仮装祝祭日の花嫁」あたりまでは、私もこれではない収め方を模索していましたが、四作目「愛と絆と革命の花嫁」を書く段階で方向性は決めていました。本作を書き終えた今、作者としては、これが一番しっくりくる形だったと胸を張って言えます。

「砂楼の花嫁」シリーズは、双子の王子と秋成、三人の物語だったんだなと、最後の最後に胸にストンと落ちるような感覚を味わいました。

皆様の感想も、ぜひお聞かせいただけますと嬉しいです。

五巻通してイラストをお引き受けくださいました円陣闇丸（えんじんやみまる）先生、ここまで長きにわたってお付き合いくださり、本当にありがとうございます。毎回毎回美麗なイラストで拙著を華やかにしていただき、感謝してもしきれません。本作で秋成やイズディハールたちも見納めかと思うと残念な気もしますが、これ以上贅沢を言うとバチが当たりそうです。重ねて、ありがとうございました。お疲れ様でした。

最後まで書かせてくださいました編集部の皆様、制作スタッフの皆様にも、厚くお礼申し上げます。ありがとうございました。

また次の作品でお目にかかれますように。

今後ともどうぞよろしくお願いいたします。

ここまでお読みいただき、ありがとうございました。

遠野春日（とおのはるひ）

この本を読んでのご意見、ご感想を編集部までお寄せください。

《あて先》〒141－8202　東京都品川区上大崎3－1－1　徳間書店　キャラ編集部気付

「花嫁に捧ぐ愛と名誉」係

【読者アンケートフォーム】

QRコードより作品の感想・アンケートをお送り頂けます。

Chara公式サイト http://www.chara-info.net/

■初出一覧

Chara

花嫁に捧ぐ愛と名誉

2023年10月31日　初刷

著者　遠野春日
発行者　松下俊也
発行所　株式会社徳間書店
〒141-8202　東京都品川区上大崎3-1-1
電話　049-293-5521（販売部）
　　　03-5403-4348（編集部）
振替　00140-0-44392

【キャラ文庫】

印刷・製本　図書印刷株式会社
カバー・口絵　近代美術株式会社
デザイン　クウ（間中幸子）

ISBN978-4-19-901113-9

遠野春日の本

好評発売中

「愛と絆と革命の花嫁」

砂楼の花嫁4

イラスト✦円陣闇丸

愛と絆と革命の花嫁
遠野春日
イラスト◆円陣闇丸

祖国で革命の炎が燃え上がるとき、
砂漠の王妃は、再び剣を取り軍人になる――

貴族階級が未だ君臨するザヴィアで軍部によるクーデターが発生!? 反逆者として国を追われ、祖父母から見捨てられていた秋成(あきなり)。けれど祖父母の身を案じた秋成は帰郷を決意!! 拘束される危険を承知で、極秘裏に祖国に向かう。心配するイズディハールは、秋成の固い決意を知り、覚悟の許に送り出して…!? 革命軍を率いるのは、理知的で力強い若きリーダー――秋成が目撃する祖国再生の鳴動!!

遠野春日の本

好評発売中

[仮装祝祭日の花嫁]

砂楼の花嫁3

イラスト✦円陣闇丸

誰もが素顔を隠し、思い思いの仮装で別人になりきるカーニバル――。欧州での公務の傍ら、街の祝祭をお忍びで訪れた秋成。そこで出会った育ちの良さが覗く人懐こい美青年から、一目惚れされてしまった!? 名前も教えず帰国したひと月後、イズディハールの屋敷でとある公国のVIPを接待することに!! ところがその客人こそ王子アヒム――秋成を捜し出すために来訪した、祭りの青年その人で!?

遠野春日の本

好評発売中

［砂楼の花嫁］

シリーズ1～2 以下続刊

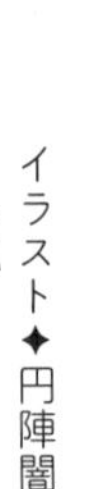

イラスト✦円陣闇丸

全てを呑み込む乾いた大地、灼熱の太陽――。任務で砂漠の国を訪れた美貌の軍人・秋成が出会ったのは、第一王子のイズディハール。勇猛果敢で高潔なオーラを纏ったその姿に一目で心を奪われた秋成。ところが爆破テロ事件が発生、誤認逮捕されてしまう!! 孤立無援な捕虜となった秋成に救いの手を差し伸べたのは、なぜか王子その人で…!? 砂漠の王と身を焦がすドラマティックラブ♥

遠野春日の本

好評発売中

［ひと夏のリプレイス］

イラスト✦笠井あゆみ

夏休み目前のハイキングで滑落事故!! 目が覚めたら、ずっと避けていた級友の身体に乗り移っていた…!? 校則破りの常習犯だった若宮(わかみや)にとって、周囲から一目置かれる風紀委員長の藤木(ふじき)は、劣等感を刺激されるばかりの相手。一生相容れないと思ってたのに、運命のいたずらか藤木と身体が入れ替わってしまうなんて…!? 元に戻る方法もわからないまま、二人で秘密を共有することになり…!?

遠野春日の本

好評発売中

[百五十年ロマンス]

イラスト✦ミドリノエバ

由緒正しい旧家の当主で若きベストセラー作家――そんな僕に祖先のルーツを辿る番組の出演依頼!? タレント扱いに苛立ちつつ資料を読んでいた楡崎（にれざき）。ところが転寝して目覚めた先は、なんとクラシカルな列車の中!! 19世紀イギリスにタイムスリップしてしまった!? 呆然とする楡崎の前に現れたのは、目を瞠るような美貌の英国紳士ケネス。しかもまるで待ち構えていたかのように歓待されて!?

遠野春日の本

好評発売中

［夜間飛行］

イラスト✦笠井あゆみ

警視庁でトップを争う優秀なSPが、突然辞職して姿を消してしまった!?　恋人だった脇坂(わきさか)からの一方的な別れに、納得できないでいた深瀬(ふかせ)。そんな深瀬を置いて、なぜか脇坂は秘密裏に中東へと旅立つ。「おまえは今、どんな任務を抱えてるんだ……!?」後を追って辿り着いた異国で、深瀬は失った恋の真実を目撃する——!!

キャラ文庫最新刊

将校は高嶺の華を抱く

北ミチノ
イラスト✦みずかねりょう

皇国陸軍で、クーデターの疑い!? 亡国の危機に、内偵を任じられた高城(たかぎ)。任務に同行するのは、密かに想いを寄せる上官の綾瀬(あやせ)で!?

或るシカリオの愛

砂原糖子
イラスト✦稲荷家房之介

天国に近いと言われる南米の街で、小道具屋を営む元殺し屋のジャレス。ある日、不用品と一緒にルカという青年を売りつけられ…!?

花嫁に捧ぐ愛と名誉 砂楼の花嫁5

遠野春日
イラスト✦円陣闇丸

祖国で首相を狙ったテロ事件が発生! 祖父母の身を案じた秋成(あきなり)は、再びイズディハールと共に帰国、図らずも汚名を濯ぐ機会を得て!?

11月新刊のお知らせ

海野 幸　イラスト✦ミドリノエバ　[年下上司の恋(仮)]
尾上与一　イラスト✦yoco　[花降る王子の婚礼3(仮)]
菅野 彰　イラスト✦二宮悦巳　[毎日晴天!19(仮)]

11/28(火)発売予定